今夜、きみの声が聴こえる

～あの夏を忘れない～

いぬじゅん

STARTS
スターツ出版株式会社

明日のことなんて誰にもわからない。

楽しいことは毎日のなかにあふれているけれど、誰かの死は画面越しの世界にひっそりとあるもの。

悲しいニュースに眉をひそめても、画面を消せば忘れてしまう。

もし、私の知っている人が死んでしまったら?

もし、身近な人の運命を知ってしまったなら?

あの日、私はきみの声を聴いた。

運命に抗《あらが》おうとした夏の日々を、私は忘れない。

――忘れないよ。

目次

今夜、きみの声が聴こえる

～あの夏を忘れない～

第一章　初夏に消える

六月一日、晴れ。

天気予報ではそろそろ梅雨入りだと言っていたのに、空は宇宙まで見えそうなほど透明に似たブルー。梅雨の気配はまだ見当たらない。

教室の窓枠に両腕を置き、上にあごを載せる。乾いた風が頬《ほお》をさらさらとくすぐり、伸ばしている髪をやさしく躍らせている。

放課後の教室が好き。

誰もいない窓辺でこうしていると、広い海に浮かんでいるような解放感に包まれる。そんな経験はないけれど、きっとこんな感じだろう。

遠くから聞こえる運動部の掛け声は波の音。廊下でしゃべっている生徒たちは小鳥のようにさえずる。校門から流れ出る生徒たちは、くっついたり離れたりしながらそれぞれの家へ帰っていく小船だ。

たくさんの声も、音も、人も、徐々にボリュームを絞るように学校から消えていくのだろう。このまま夜になるまで、風を感じていたいほど気持ちがいい。

夕刻間近だというのに、日ごとに太陽は主張を強くしている。目を閉じてもその光を感じる。

「あれ、咲希《さき》？　まだいたんだ」

声に振り向くと、吹奏楽部のユニフォームである緑色のシャツを着た神藤《しんどう》亜弥《あや》が目を丸くしていた。

長い髪をひとつに束ね、ピタッとしたTシャツは亜弥のスタイルを強調していてうらやましい。薄いメイクが瞳をさらに大きく見せ、艶《つや》やかな唇は、美しい半円のカーブを描いている。

亜弥は会うたびにどんどんキレイになっていて、それは一緒にいてもわかるほどの変化だ。

反面、私は髪型こそ似ていても、身長も低いし亜弥みたいにメイクもうまくできない。お揃《そろ》いのリップを使っているのに、こうも違うものかとショックを受ける日々。

でも亜弥のことをうらやましいと思うことはあっても、ねたんだりはしない。いつも私のことを助けてくれるし。今日もうっかり宿題を忘れた私に、授業と授業の間の貴重な休み時間を使って答えを写させてくれた。

同じ高校二年生なのに、亜弥は私にとってお姉さんのような存在だ。

「これから帰るとこ。亜弥こそ部活でしょ？」

窓を閉めると、名残《なご》り惜しい風がぴゅうと前髪を散らした。

「忘れ物しちゃってさー。カバンに入れたはずなのにな」

鼻歌をうたいながら机を漁る亜弥は「あれ？」と焦った様子でなかを覗《のぞ》きこんでいる。足を大きく広げるのも女子高ならではといったところ。

「ないなぁ。てっきり机のなかかと思ったのに」

「ちょっとは整理したら？　雪崩《なだれ》を起こしちゃうよ」

カバンを肩にかける私に、亜弥は不服そうに頬をふくらませ、積み重なった教科書たちを椅子の上へと移動させている。

「咲希だって人のこと言えないでしょ。むしろあたしより悲惨《ひさん》」

「私の場合、なにがどこにあるのかわかってるし」

チラッと自分の机を見ると、たしかに似たレベル。自分のことは置いておき誰かにアドバイスを送るのは、私たちによくあることだ。

いつもこうやってお互いにツッコんでいる。亜弥も慣れているのだろうが、「へぇ」なんて目を丸くしてみせている。

「ま、女子高なんてこんなもんでしょ。男子がいたらこんなくっちゃくちゃにしないし。あ……あった！」

うれしそうにネコのキャラクターつきのクリアファイルをひらひら見せてくる。奥に挟まっていたのだろう、半分のところでいびつに折れ曲がっていて、笑顔のはずのネコが怒ったような顔にゆがんでしまっている。

「あきれた。楽譜を忘れて部活に行ったの？」

亜弥は、高校に入ってすぐに吹奏楽部に入部届を出していた。小学生のころからやっているらしく、私も勧誘されたけれど秒で断った。

一方私は、中学生のときは友達に誘われて料理部に入った。部活動自体は、料理の基本からドレッシングづくりまで楽しかったけれど、先輩への対応に辟易《へきえき》した記憶が強い。いばりちらす上級生に嫌気がさし、高校では部活をしないと決め、今もそれを守っている。

亜弥とは、高校に入学してすぐに仲良くなった。お昼も一緒に食べるし、休みの日も何度か出かけた。亜弥の吹奏楽部の定例会には足を運んだし、夏休み明けからは同じ塾に行く約束もしている。

見た目は全然違うのに、亜弥といると気が楽だったし、中学時代に親友と呼べる存在がいなかった私にとっては、高校生活を楽しめているのは彼女の存在が大きいと思っている。いや、実際そうなのだろう。

同じ高校を選んだこともそうだし、さらに二年連続同じクラスだなんて、一生分の運を使ってしまったとさえ思える。それくらい亜弥は大切な存在だ。

あ、また運命について考えてしまった。昔から、この言葉が苦手な私。

なんでも運命のせいにすることに、どうも違和感を覚えている。だって運命で片付けてしまったなら、これまでの出来事やこの先にある未来さえも、最初から決められていたかのように思えるから。

「さて、と」

クリアファイルを抱えた亜弥がなぜか扉ではなく私のほうへやってきた。ちょっと嫌な予感がする。

時計の振り子みたいに亜弥の茶色の髪が揺れる。亜弥は私の前に立つと、右手の人差し指を立てた。

「では、ここで名探偵亜弥の登場です」

「うっ」

「そんな声出さないでよ。あたしほど推理好きな女子高生はいないんだから」

名探偵が主人公のアニメくらいしか見ていないでしょ、とは言えず、手を横に振る。

「推理は遠慮する。それより部活、抜けてきたんでしょ。早く戻らなきゃ」

「ふむふむ。なにか必死でごまかしていますな。いかにも怪しいですぞ」

すっかりなりきっている。亜弥は勉強もできるし、吹奏楽部でも次期部長候補に名前があがっているそうだ。

キラキラしていて憧れるけれど、推理好きなところだけはどうしてもいただけない。

昔から『推理ごっこ』が兄妹間ではやっていたと聞くけれど、やっかいなことに、亜弥の推理は的中していることが多いのだ。これまでも、クラスメイトのテストの点数、さらには片想いの相手までズバリと言い当ててきた実績がある。

身構える私に、亜弥は目を線のように細め顔を近づけてきたかと思うとニッと笑った。

「当ててみせましょう。加藤《かとう》咲希さん、あなたはこれからおばあちゃんの家に行くつもりですね。名前は加藤時乃《ときの》さん」

「そんなのいつものことだし。推理とは言えません」

両親が共働きなので、平日の夕食はおばあちゃんの家で摂《と》っている。知っているくせに、と顔をしかめるけれど亜弥には通用しない。鼻から「ふん」と息を吐き、さらにいたずらっぽい顔をしてくる。

「本来なら、下校と同時におばあちゃんの家に向かうはずなのに、今日はまだここにいる。まるで時間をはかっているかのようですなあ。あたしの推理によると、その理由は――」

「そこまで！」

両手でパーを作って前に出すと、ようやく亜弥は口を閉じてくれた。

「もういいから、それ以上言ったら嫌いになっちゃうよ」

「当たっている、ってことは認めるんだよね？」

「知らない。そんなことより、亜弥はさっさと部活に戻ること。私も帰るから」

「はいはい」

肩をすくめると亜弥はうしろの扉へ向かっていく。ホッとしたのを表情に出さないよう意識して私も廊下へ出た。

自然と隣に並んで歩く亜弥は、横顔もきれいだ。可憐とか美人とか、日本語ではうまく言い表せないので、私は心のなかでクールとかセクシーという単語を思い浮かべる。

そういえば……。

「彼氏さんとは会ってるの?」

春に亜弥は運命の出会いをしたらしい。昨年の秋に、近くにある男子校の文化祭でしゃべった男子と、偶然にも先月あたまに再会したそうだ。

文化祭には私も行った。亜弥はたくさんの男子と気さくに話をしていたから、どの人かはわからない。そもそも、半年くらい前の話だし。

「やだ。親友の彼氏くらい覚えてよ。騎月孝弘《きづきたかひろ》くん、って何回言えばいいのよ」

「ああ……。そうだったね」

うん、とうなずくと亜弥は不満そうに唇を尖らせた。

「咲希は興味がないことはちっとも覚えないんだから。質問にお答えしましょう。孝弘くん、今年受験なのに時間を見つけて会ってくれてるんだよ。あたしは無理させたくないんだけどねー」

壁に私たちの影が映っていて、まるで四人で歩いているみたい。

恋をしてからの亜弥は前にもましてキラキラしてるし、はじめは一緒になってよろこんでいたけれど、最近じゃ少しだけまぶしすぎる。

親友の恋を応援したいとは思うけれど、新しい登場人物にまだ慣れずにいる。

「亜弥に彼氏ができたなんてまだ実感ないんだよね」

──亜弥が私から離れていく。

最近、こんな言葉がふと頭に浮かんでしまう。

「今度さ、四人で会おうよ」

「え？」

突然の提案に思わず足を止めてしまった。上履きがキュッと響いた。

自分の言葉に同意するように大きくうなずいた亜弥が身体《からだ》ごと振り向いた。

「あたしと孝弘くんと、咲希と奏太《そうた》さん。四人でお茶するってのはどう？」

なんで奏くんが出てくるの、って本当は言いたかった。でも、口にしたら亜弥は私の恋心を言葉にして説明してしまうだろう。さっきの推理の続きは、おそらくこのことだから。

「いや、ありえないし」

秒で否定するけれど、亜弥は「そうだ」となにか思いついたようにパチンと手を鳴らした。

「みんなで三ヶ日《みっかび》みかんサイダーを飲むのはどう？」

好きな人と三ヶ日みかんサイダーを飲むとその恋はうまくいく、というジンクスが我が女子高で語りつがれていることは知っている。三ヶ日町《みっかびちょう》産のみかんは甘くておいしいし、ジュースとして販売もされている。

でも、ジンクスだって運命論のひとつだと私は思っている。つまり、そんなこと、信じていない。

するりと亜弥を追い越し、階段の前で足を止める。

「その話はいいから。ほら、音楽室はあっちでしょ」

上り階段を指さすと、亜弥はわざとらしくため息をついた。

「ほんと、咲希はがんこなんだから。せっかく好きな人がいるのになんにもしないなんてもったいないよ。あたしだって、運命の再会をしたからつき合えたわけじゃなくて――」

「亜弥の努力があったからこそ、でしょう。もう百回聞いたよ。でも、奏くんとはそういうんじゃないから。これも百回言ってること。じゃあ、また明日ね」

一気に言ってから階段をおりていく。

「またね」亜弥の声に振り向いて、最後は笑顔で手を振った。

さっきまで気づかなかった吹奏楽部の練習音が耳に届く。逃げるように急ぎ足で昇降口へ行き、靴を履き替える。

外に出ると、さっきよりも傾いた太陽があった。

大きく息を吐くと、やっと肩の力が抜けた気がする。

亜弥といると楽しいし、親友なのは変わらない。なんでも話せる存在ができたことで高校生活は輝いていた。なのに、亜弥に彼ができてから少しずつ変わっていくのがわかる。

亜弥の口から、『孝弘くん』の名前がこぼれることが多くなり、共通の話題が少しずつ減っていく。

文化祭で会った男子と再会するなんて、さほど大きくないこの町ではありえること。お互いに気になったから覚えていただけ。

……そんなこと、恋する亜弥には言えないけれど。

なんでも話せていたはずが、だんだんと話せないことが増えているこのごろは、モヤモヤしてしまう。

「なんだかな」

つぶやけば、季節が戻ったような冷たい風が、また髪を揺らした。

『運命』なんて、私は信じない。

この世にあるのは、『偶然』か『必然』で、呼びかたを変えることで、人は都合よくお腹のなかで消化するんだ。

だから、十七時二十二分に高校近くにあるバス停にいるのも〝たまたま〟のこと。大学生らしき人たちがいるのは、近くに大学があるから。

「お、咲希」

名前を呼ばれ振り向くのも、単なる偶然なのだから。

私を見つけうれしそうに目尻を下げた伊吹《いぶき》奏太が駆けてくる。私の何倍も柔らかそうな髪は栗色に染めている。昔は半袖短パンだったのに、大学生になったころから少しずつ大人っぽいものに変わった。身長だって見るたびに大きくなり、今じゃ顔をあげないと目が合わない。でも、笑うとチラッと見える八重歯は子供のころのまま。

順番待ちの列をしょうがないな、という感じで抜けるいちばんうしろに並びなおしてから、

「ども」

と自然な感じで挨拶《あいさつ》をする。程よいトーンで言えたと思う。

「今、学校終わったとこ？　てか、帰宅部なのに？」

キヒヒ、と奏太は笑う。昔から見てきた独特な笑いかた。

「委員会には入ってるんだってば」

「ああ、整理整頓とかのだっけ？」

シャツの袖をまくりながら奏太は尋ねた。目線の先に暮れかかった太陽がわずかに見える。

住んでいる浜松《はままつ》市は政令指定都市だけれど、この町ははしっこにある田舎町。大学や高校などが集まっている学生街は、夜になれば人の気配がなくなる。昼間だけ生きているような町だ。

中心部から通っている生徒は、天竜浜名湖《てんりゅうはまなこ》鉄道に乗り西鹿島《にしかじま》駅で乗り換えて浜松駅を目指すので、バスに乗るのは地元から通っている人ばかり。少し行くと坂が多くなるので自転車通学をしている人は少数だ。

「整理整頓じゃなくって、環境整備委員会。いちばんラクそうに思えたから入ったのに、結構やること多くってさ」

「誰よりも片付けが嫌いなのによく入ったよな」

「うるさい。奏くんは几帳面すぎるんだよ」

あいかわらずパリッとしたシャツを着こなしている。

普段の夕食はおばあちゃんとふたりきりだけど、火曜日だけは向かい側に住む奏太と彼のおじいちゃんもやってくる。だから、最後の講義が終わると同時に奏太はこのバス停にやってくる。一時間に二本しかないバスだから、同じころに学校を出れば、同じバスに乗ることができる。

つまり、ここで会うのは偶然という名の必然だ。けっして運命なんかじゃない。

バスがのんびりとやってきて、私たちは乗りこむ。奏太はいつもうしろ側の席に座る。当たり前のように隣に座り意味もなくスマホを眺めた。

「時ばあ、今夜はなに作ってくれんのかなあ。腹減った」

奏太は変わらない。

子供のころから、おばあちゃん家に来るとくだらない話をした。時乃という名前から『時ばあ』と呼んでいるけれど、彼以外そのあだ名で呼ぶ人はいない。

うちには弟しかいないから、奏太のことを『奏くん』と呼び、お兄ちゃんのように思っていた。この呼びかたも私だけの特権だ。

「どうせ煮つけとかでしょ。たまには肉食いたい」

ぼやく私に奏太は目を丸くした。

「お前、『食いたい』とか言うなよ。一応、女子なんだしさ」

「そういうの、男女差別って言うんだよ。女子高ではこういうの普通だし」

「はいはい。失礼しました」

あきれ顔で窓の外に目をやる奏太をチラッと見た。

いつからだろう、彼が私を見ていないときだけ顔を見られるようになったのは。そばにいるときは意識しないように努め、そっけない態度を取り、ひとりの夜に繰り返し思い出す。

恋なんて、恋なんて。

どうして私は覚えてしまったのだろう。こんな感情があるせいで、昔みたいにはしゃいだり笑い転げたりできなくなった。少しでもよく思われたくて、髪をいじる時間も増えた。

何気ない笑みに心が揺れるのはなぜ？　彼の大きな手、長い足、横顔や髪の毛の先にまで、どうして胸がズキンと痛むの？

もし、私が自分の気持ちを口にしたら、二度と奏太に会えなくなる。それもまた、必然なんだろうな。

バスにはたくさんの人が乗っているけれど、みんな同じ格好でスマホとにらめっこしていて、車内には私たちの話し声だけがしている。まるで、世界にふたりっきりで取り残されたみたいで、この時間が私は好きだった。

「でさ、ゼミっていうのがあるんだって」

さっきから奏太は大学でのことを話している。私は興味なさそうにうなずきながら目線はスマホに落としている。これじゃあいくらなんでもそっけなさすぎると、スマホの画面を切った。頼りない外灯が近づいては遠ざかっていく。

「でも奏くんも二年生になったなんて早いね」

自然に言えた、と思う。

「二回生、な。まあ、咲希だって高二だしな。あんなに泣き虫だった咲希が大人になるのはうれしいけど、言葉遣いがなあ」

「泣き虫は余計だって」

「しょっちゅう泣いてたくせによく言うよ。『奏くぅん』って一度泣いたらなかなか泣き止まなくて大変だった。そういえば、最近は泣かないんだな」

「泣くわけないし」

もう子供じゃないし。大人だし。それに、奏太がそばにいてくれたから安心して泣けたんだよ。

言えない言葉を飲みこんでいると、奏太が停車ボタンを押した。荷物をまとめさっさと立ちあがろうとすると、肩をグイと押される。

「停車するまでは動かない。前みたいに転ぶぞ」

こういうところが、奏太の憎らしいところだ。言い返すこともできず不機嫌な顔を向けると、おかしそうにキヒヒと笑っている。

肩に触れた手の、その感触を何度も思い出すことになるなんて、奏太は考えてもいないんだよね？

恋はなんて残酷なのだろう。うれしさと切なさが混じりあい、最後は悲しい色に支配される。

奏太のことが好きなのに、奏太にだけは知られたくない。そんな恋が実るわけがない。運命という言葉が嫌いなのは、私自身がそれに身を任せるしかない現状を思い知っているからかもしれない。

タラップを降りると、夜が町を覆《おお》っていた。いろんな方向から虫の声が音楽のように聞こえる。この停留所で降りるのは私たちだけだった。

「今日はどうする？」

カバンをかけ直しながら『何気なく』を意識して尋ねる。

「咲希は？」

「家にカバン置いてから行く。奏くんも伊吹じい呼びに行くんでしょ？」

実家からおばあちゃんの家までは徒歩五分。おばあちゃんの家の向かい側にあるのが奏太の家。そこで奏太は昔からおじいちゃんとふたりで住んでいる。

「そうだな。今夜こそ飲みすぎないように言っておかないと」

「まあ週に一度だしいいんじゃない？　普段は飲んでないって聞くし」

歩きだすとすぐに実家の建物が薄暗いなか見えてくる。このあたりは家よりも田んぼや畑のほうが多くて、まるで自然界に人間が間借りしているみたい。クラスメイトは都会の大学を目指す子が多いけれど、私はこの穏やかな町でずっと暮らしたいって思っている。

「咲希はじいちゃんに甘すぎなんだよ。ニコニコして話を聞くもんだから、毎週家に戻っても昔話の続きを聞かされるんだ」

不満そうに言いながらも、奏太の顔は楽しそうにゆるんでいる。

薄暗い世界のなかで、やっと奏太の顔を見ることが許された気分。

「じゃあ、あとでな」

軽く手を挙げ去っていく背中は、すぐに夜が隠してしまう。

カギを開けて家に入りドアを閉める。やっと本当の自分に戻れた気がした。このあとすぐ会えるのに、もう奏太が恋しい。

こんな感情、消えてしまえばいいのに。

願えば願うほど、想いは強くなっていくみたいだ。

「このバカっつらが！」

おばあちゃんの家に着き、玄関の引き戸を開けようと手をかけた瞬間、その声は聞こえた。

ちょうど向かい側の家から出てきた奏太にも聞こえたようで、

「またケンカか」

とあきれ顔で近寄ってくる。上下黒のジャージに着替えていて、なんだか夜に溶けているみたいに見える。

「いつものことだけどね」

『バカっつら』はこの地方の言葉で、意味は『バカやろう』だ。おばあちゃんは怒ると方言が激しくなる。怒りのバロメーターってとこだ。

私は言われたことがないけれど、伊吹じいやお父さんが怒鳴られているのを聞くのは頻回だ。

「やい、誰がバカっつらやて。庭をほじくるのをまかしょう言ってるだけやて！」

「自分の庭をほじくってなにが悪い。やっくたいもないことやて」

「せずようないからまかしょう言うてるら」

伊吹じいも負けないくらい方言がひどくなるし、私にはわからない言葉も多い。細い廊下を抜けドアを開けると、ようやくふたりの言い合いは止まった。

「おばあちゃんただいま、伊吹じいもいらっしゃい」

聞こえなかったフリでなかに入ると、おばあちゃんは鬼のような顔から一瞬にして朗らかな笑みに変わった。

「おかえり咲希ちゃん。奏太もいらっしゃい」

身長は私と同じ155センチなのに、おばあちゃんはいつだって大きく見える。洋服を着こなし、いつ出かけてもいいくらい家のなかでもメイクはしっかりしている。髪も毎月のようにパーマをかけていてとても七十歳には見えない。

老齢の女性と聞くと、つい和服をイメージしがちだけど、おばあちゃんのセンスはお母さんよりも若いくらい。今日も花柄のスカートが鮮やかだ。

エプロンをつけなおすとおばあちゃんは手際よく料理の続きに取りかかる。

「じいちゃん、座ったら？」

奏太の声かけに、伊吹じいはようやく「ああ」と答え、腰をおろす。まだ顔には不機嫌が貼りついたままだけど。そういう伊吹じいも、常にワイシャツとズボンというスタイル。冬場はこれにジャケットも追加される。

おばあちゃんの家は築四十年以上という古い平屋建て。なのに、台所兼居間の壁紙はモスグリーン、家具は紺色に塗られていて、暖炉があってもおかしくなさそうなほど外国っぽい内装だ。

なんでも、おじいちゃんが死んだとたん、お父さんの反対を押し切り工事業者に改装を依頼したらしい。

台所から外に通じていた勝手口も壁で塞《ふさ》ぎ、代わりに小さな窓を壁にいくつも取りつけた。リビングには小型のシャンデリアまである。

『古くさい内装よりも外国風にしたかったんやて。じいさんはあの世で怒ってるだろうけどね』と、おばあちゃんは豪快に笑いながら言っていた。

おじいちゃんは、私が一歳のころに亡くなったので記憶にないけれど、いかにも日本男子という太い眉に口をへの字した写真ばかりが残っている。たしかにこの内装を見たら怒るだろうな。

おばあちゃんは今でもおじいちゃんが大好きらしく、昔愛用していたというガラス製の灰皿はいまだにテーブルの上に置きっぱなしだ。ちなみに客人が使うことは認めていない。

「奏太、これ炒めて」

「はいよ」

素早く手を洗い、用意されたエプロンをつけると奏太は料理を進めていく。私に「料理をしろ」と言う人がいないのはありがたい。みんなとっくの昔にあきらめたようだ。

テーブルにつきおばあちゃんが料理をしている姿を見るのが好き。湯気《ゆげ》の向こうでおいしい食事が魔法のように次々に作られている。

そう、おばあちゃんは昔から私にとっては魔法使いみたいな存在だ。

奏太が一口大に切った鶏肉をフライパンに落とすと、ジュワッと音が生まれ、すぐに香ばしいにおいがしてくる。スマホを眺めるフリでチラチラ観察する。

『安否確認』という名目で開催されている毎週火曜日の夕食会。発起人《ほっきにん》は伊吹じいで、最初は嫌がっていたおばあちゃんもすっかり慣れた様子。

おばあちゃんと伊吹じいはケンカばかりだけど、それも幼馴染だからこそ。どんなに言い争っても、翌日にはケロッとしている。

料理の音に交じってラジオの音が耳に届く。テレビ嫌いなおばあちゃんが愛用しているラジオは、見たことがないくらい大きな機械。普通の家ならテレビを置くような台の上に、どんと置かれている。

それが朝から晩までずっと流れているのだ。頭のなかに番組表が入っているらしく、時間によってつまみをくるくると回し、お目当ての番組に合わせている。

今も、低音のナレーションに続きクラシック音楽がわずかなノイズとともに聞こえている。

「咲希ちゃん、倫《りん》くんは学校？」

湯気の向こうで尋ねるおばあちゃんに、うんとうなずく。

「うん。もう家にいなかったからそうじゃないかな」

「じゃあ夕飯包んでおくから持って帰ってやって」

倫は年子の弟のこと。中学二年生になったあたりから学校に行かなくなり、今は夜間高校に通っている。引きこもりというわけではなく、家の中を普通に歩き回っているし会話もする。外にだって出ているし、友達もいるみたい。

なぜ中学に行かなくなったのかについて尋ねても『僕には意味がないから』としか言わない倫。担任の先生との確執《かくしつ》が原因だとお母さんは言っていた。

はじめは心配だった。けれど、楽天家の両親はあっさりと倫の『夜間高校進学』を認めた。まあ、知らないところで話し合いはあったのだろうけれど。

高校生になってから、彼はさらに髪を伸ばしはじめ言葉遣いも変わった。今では弟というより妹色のほうが強い。

そうだ、と思い出す。

「お父さんが週末、町に買い物に行くからみんなで行こう、って。倫も行くみたい。おばあちゃんも誘っておくように言われたんだけど」

「そうかね」

「前に夏用の服がほしいって言ってたよね？　ついでにお昼もみんなで食べようって言ってるんだけど」

「そうかね」

おばあちゃんの『そうかね』は、『そうなんだね。私には関係ないけど』の意味だ。

「つまり、行かないってことだよね」

「そうさね」

こっちは『YES』の意味。はあ、とため息をついてテーブルの上にスマホを置く。

「たまには一緒に遊びに行こうよ」

「毎日ここで会ってるからいいんやて。それに、茉奈果《まなか》さんとはしょっちゅう会ってるし」

おばあちゃんはお母さんとやたら仲がいい。日曜日なんかはふたりでスーパーに行ったり、お寺巡りなんかもしているそうだ。

「そうだ。茉奈果さんに、今度は岩水寺《がんすいじ》に行きたいって伝えといて。あ、電話すればええか」

にっこり笑ったおばあちゃんに、伊吹じいが新聞をバサッと置いた。

「岩水寺やったら俺も行く」

「なんで幸太郎《こうたろう》まで行く必要があるんや」

「長いことご無沙汰《ぶさた》してるしなあ。いつ行く？　今週でも来週でも空いてるわ。天気予報を調べてから決めるだら？」

伊吹じいはあごひげを優雅《ゆうが》になぞりながらすっかりその気になっている。身長も高く、ワイシャツを着こなす伊吹じいは、誰よりもこの外国風の家に似合っていると私は密かに思っている。

あ、おばあちゃんの顔から笑みが消えた。奏太も気づいたらしく私に目線を送ってきたので軽くうなずく。

「ま、それはいいとして――」

話を変えようとしたけれど、時すでに遅し。おばあちゃんは菜箸をカチャンと音を立ててシンクに置いた。

「だから、なんで幸太郎が行くんや、って聞いてるんやて」

「岩水寺は階段も多いし、時乃を心配してるからに決まってるだら」

「心配？」

「畑でひっくり返ったこと忘れたんか？　どんなに若く見せても俺らは高齢者ってこと忘れたらあかんて」

肩をすくめる伊吹じい。その向こうでおばあちゃんが息を吸いこむのがわかる。あ、あ、まずい。

「誰が高齢者やて。こんの、バカっつらが！」

ラジオの音をかき消すほどの恫喝《どうかつ》が響き渡った。

「なんか、ごめんな」

火曜日の夕食はたいていケンカにはじまりケンカに終わる。

食事中はカチャカチャと食器の音だけが支配し、そこにラジオの音が重なる。おばあちゃんは不機嫌そうだし、伊吹じいも同様。時折、私や奏太が話題を振るが、ふたりともそっけない返事ばかり。

食べ終わるとさっさと帰ってしまう伊吹じいを追いかけるように奏太も出ていく。玄関を出たところで見送るとき、奏太はいつも謝ってくる。

「奏くんのせいじゃないよ。あのふたりがケンカばかりなのは昔からだし」

「それでも毎週集まるから不思議だよな。翌日には普通に話をしてるし、ほんとわかんねえ」

「ケンカすることが元気でいることの証明みたいなものかも。ふたりともニコニコしてたら逆に怖くない？」

「たしかに、それはそれで怖いな」

苦笑する奏太の顔が玄関のライトのせいでやさしく見える。

気づけばいつもそばにいてくれた奏太。どの思い出も、アルバムの写真にも、いろんな奏太がいる。

そう、私はきっと……生まれたときから奏太のことが好きだった。

物心がつく前から好きだった奏太をあきらめることなんて、簡単にはできない。同じように、告白することも簡単じゃない、難しい、不可能だ。

気持ちが言葉になってあふれる前に消えてくれればいいのに。

「にしても、たまには洗い物とかさせてくれればいいのに」

玄関のドアを見やる奏太に首を横に振った。

「料理を手伝ってくれただけで十分だよ。それに、おばあちゃんは古い考えだから、洗い物は絶対に家の主がするべきなんだってさ」

「ああ」うなずいた奏太がふと思い出したように目を少し大きくした。

「そうだ。土曜日、町に行くんだろ？　駅まで乗せてってくれない？」

「あ、うん。お父さんに言っておくね。何時ごろがいいの？」

「いつでもいい。大学のツレが駅前のショップでバイトはじめたみたいでさ、顔出すって約束しちゃってさ」

「うん」

「帰りはそいつの車で送ってもらう」

「うん」

知らないことが増えていく。大学に通うようになってから、奏太は前にもまして出かけることが多くなった。

授業をさぼることもたまにあるとかないとか。

奏太が見ている景色を私も見られればいいのに。そのなかに登場人物としていられればいいのに。

「じゃ、おやすみ。たまには部屋の片付けしろよ」

「余計なお世話。またね」

恋心を隠すには、そっけなさのコーティングをするしかない。あまりにも薄いそれは、簡単にひび割れてしまいそうで、必死で何重にもコーティングを重ねている。

道を挟んだ向かい側に住んでいるのに、どんどん距離が離れていくようなさみしさばかりが押し寄せる。

もしも『好き』って言ったら奏太はどうするのかな?

答えはなんとなくわかる。『妹みたいな存在だから』とか『そういうふうに見られない』とかを困った顔で言うのだろう。浮かぶのはマイナスなことばかり。

部屋に入るまで見送っているのもおかしいので、すぐに家のなかに戻った。水を流す音とラジオの音が重なって耳に届く。

ラジオの前には、大きなソファセットが置いてある。何年経ってもくたびれることのない白いソファは私とおばあちゃんのお気に入りの場所。

そこに座るとやっと一日が終わったような気分になる。

洗い物を終えたおばあちゃんが向かい側に「よっこいしょ」と座った。

「あー疲れた」

「奏くんや伊吹じいに手伝わせないのはわかるけど、私には洗い物くらい手伝わせてよ」

「いらんこん」

「いらんこん？　ああ、余計なことって意味？」

「そう、余計なことやて。あくまで咲希ちゃんの家はあっち。ここでは客なんだから余計なことは考えんでもええ」

澄ました顔で髪を直すと、おばあちゃんはラジオへ腕を伸ばした。つまみを回すと、ノイズがキュイーンと鳴り、続いてジジジという短波音がした。

聞こえてくるのはこの地方のニュース。夕食後はたいていこの番組を聞きながら眠くなるまで雑談をする。

「高校はどうかね？」

「ふ」

思わず笑ってしまった。

「おばあちゃんそればっかり。なんにも変わらないよ」

「咲希ちゃんにとっては退屈な毎日でも、私らから見ると刺激ある時間さね。それに気づいてないだけやて」

「そうかなあ。授業を受けて友達としゃべって帰ってくるだけだし。あ、亜弥は彼氏とうまくいってるみたい」

「ええなあ。孝弘くん、高校三年生やと忙しいやろうに」

「おばあちゃんよく名前覚えてるね。私、すっかり忘れてたんだよ」

「記憶力だけはいいからね」

「じゃあ、その記憶力とやらでおじいちゃんの話を聞かせてよ」

「忘れた」

「げ、それひどい」

「そんな言葉遣いしない」

自分だってさっきは『バカっつら』なんて言ってたくせに。おばあちゃんはなぜか亡くなったおじいちゃんの話をしたがらない。

聞いてもこうしてはぐらかされるだけ。お父さんから聞いたところによると、『無口だけどやさしい人』で『病気で亡くなった』そうだ。

でも私は、おばあちゃんの口から聞いてみたい。

「おじいちゃんの話になるとすぐに矛先変えるんだから……」

ぶすっとする私に、おばあちゃんはそっぽを向いていたけれど、やがてやさしくラジオに目をやった。

「じいさんは若くして亡くなったからね。私にはもったいない人だったよ」

「やさしかったの？」

「人はすぐにやさしい、とか冷たいで分けようとするね。咲希ちゃんもいずれわかると思うけど、人間っていう生き物は、やさしさとそうじゃない部分を常に持ち合わせているんだよ。どちらか一面しか持たない人はいないよ」

「へぇ」

「同じように善人と悪人も混在してる。いい部分と悪い部分、両方を持っているのが人間だら」

奏太はやさしい。でも、たまに遠くを見ているようなさみしさを感じる。それは私がそう思うだけであって、実際はどうなのか……って、また奏太のことを考えてしまっている。

幸いおばあちゃんはラジオに目をやったままで「それでも」と続けた。

「じいさんはやさしかったね。まあ、私が子供たちに厳しめだったから、ちょうどよかったんだろうねえ」

「早くに亡くなって、さみしかったね」

「そりゃあ最初はね。でも、咲希ちゃんも生まれたし、きっと役目を終えたんだろうって思ってるよ。人間には運命ってのがあるからね」

「運命？」

「そう、死ぬ運命。さみしいというより『運命が死を連れて来たんだな』って受け入れているよ」

語りかけるようにラジオに言いながら、ボリュームのつまみを絞るとおばあちゃんは私を見た。

「咲希ちゃんは、運命って言葉が嫌いだったね」

「まあね」

肩をすくめると、おばあちゃんは口のなかで小さく笑った。

「じゃあ運命じゃなく寿命って言葉にしようかね。それに、じいさんとは今でもたまに話はするよ」

心のなかで、ってことだろう。神妙《しんみょう》にうなずく私に、おばあちゃんは「はは」と笑った。

「信じてないだろ？　じいさんとはラジオを通じて話をしているんだよ」

「ラジオ？　え、これのこと？」

ささやくような音でニュースが明日の天気予報を伝えている。年代物のラジオは家にあるプリンターの倍くらいの大きさがある。持ち上げたことはないけれど、きっと家のリビングにあるテレビよりも重いだろう。

「このラジオには不思議な力があってね。私が死んだら咲希ちゃんが使ってみればいいよ」

「あ、うん」

「ただし、相手の声を聞くだけにしなさい。それ以外のことで使ったら、それこそ運命が変わってしまうから」

「うん」

うまく返事ができなかったのは、不思議なラジオのせいじゃない。おばあちゃんが『私が死んだら』とさらりと言ったことがショックだったから。

そんな日は、絶対に来ない。だからこういう話題は苦手。

無意識に眉間にシワが寄ってしまう。おばあちゃんが壁にかかった時計に目をやった。

「そろそろお父さんたち帰ってくる時間だら」

火曜日の夕食会は、この言葉で終わりを告げる。

いつだって、最後は切なくなる。

物理の真壁《まかべ》先生は嫌な人だ。

本名、真壁徹《とおる》。あだ名は『メガネ』。

三十五歳、独身で、あだ名の通り黒縁メガネをかけている。ボサボサの黒髪は自分で切っているという噂《うわさ》があり、前髪がまばらにメガネにかかっている。

しわだらけの白衣を着ていて、その下は夏でも冬でも黒いシャツに紺のズボン。言うまでもなく、どちらもアイロンをかけた形跡はない。

真壁先生の特徴をあげるとすれば、人間嫌い。愛想がない。ぶっきらぼう。

授業中でもボソボソしゃべる。女子高では男性教師は人気になりがちだけど、真壁先生は例外。テストも厳しく、容赦《ようしゃ》なく補講を課すことで有名だ。

そんな真壁先生が環境整備委員会の顧問というのは、悲劇でしかない。

物理準備室に集められた環境整備委員会のメンバー。三年生である委員長の報告に、腕を組んだ姿勢で、口は文字通りへの字に結んでいる。

「購入希望品については以上です」

委員長の締めの言葉に、真壁先生は間髪容《い》れず「甘い」と三文字の感想を述べた。

躊躇《ちゅうちょ》なく空気をふたつに割るような言いかたに、誰もがうつむく。

真壁先生は、バインダーに挟んである資料に目をやったと思う。思う、というのは前髪とメガネのせいで視線がどこに向いているのかわからないからだ。

隣のクラスの斉藤《さいとう》さんがなにか言いたそうに私を見た。その向こうにいる委員長までこっちを見てくる。

しょうがない、と口を開く。

「甘い、ってどういう意味ですか？」

いつだってそう。真壁先生に意見をするのは私の役割だから。

「そのままの意味」

真壁先生はぶっきらぼうに答えると、聞こえるようにため息をついた。

「一応、みんなで手分けして備品の数をチェックしました。購入希望品目もリストアップしました」

「それが甘いと言ってる」

顔をあげた真壁先生の視線が私を捉《とら》える。久しぶりに見る目は、切れ長で鋭く、見た人を威圧することで有名だ。斉藤さんたちは、メデューサににらまれた人のようにカチンコチンに固まっている。

「お前が言った『一応』って言葉は、委員会の仕事においてふさわしくない。やるなら責任を持って正確に実行すべきだ」

「あ、はい」

「そもそも、毎月委員会が備品の数を調べなくちゃいけないものか？」

「どういう意味ですか?」

ちょっと、と斉藤さんが私の腕を引っ張ったけれど、そもそも対話を要求してきたのはみんなのほうなのに。姿勢を正し口を開く。

「環境整備委員会の仕事は、備品がなくならないようチェックすることです」

「ほう」と、真壁先生は腕を組んだ。部屋の照明にメガネが一瞬光ったように見えた。先を促すような沈黙に、くじけかけた心でなんとか口を開く。

「備品はなくなる前に補充する必要がありますよね? だから在庫チェックをしているんです」

「使ってるのは教師や生徒なんだから、足りなくなる前に自己申告してもらえばいい。最低限のストック量を提示し、下回った段階で各自が発注表に記載してもらうとか」

「申告漏れがあった場合はどうするんですか? チョークにしてもトイレットペーパーにしても、なくなってしまったら私たちが責められます」

これまでも散々クレームをもらっている。そうだよね、と横を見ても、石化したメンバーはあさってのほうを向いてしまっている。

「それが甘いんだよ。環境を整備するのがお前らの仕事なんじゃないのか? だったら、もっと消費者側へ責任を求めるべきだ。こんな原始時代のやりかた、非効率的すぎるんだよ」

ふう、と息を吐いた真壁先生が乱暴にリストを返してくる。

ほんと、この顧問はいただけない。だからみんなに嫌われるんだよ、と心の中で悪態をついていると、察したように一歩近づいてきたので、思わずのけぞってしまった。

「それに、毎月集まる意味がわからない。システム化して発注表だけ都度《つど》渡してくれたほうがわかりやすい。てことで、今後はお前が担当しろ」

「お前……？」

「名前、なんだっけ？」

一年以上も毎月報告していたのに名前すら覚えられていないなんてありえる？　いや、ありえない。

「加藤咲希です。でも、私は委員長じゃありません」

「委員長は今日から加藤咲希、お前に交代だ」

やった、と一瞬声を出した三年生が慌てて口を閉じた。

「そんなの納得できません！」

「納得できるかどうかは聞いていない。どうせ三年生は受験勉強で引退だろ。問題提起するなら最後までケツを拭《ふ》くことだな。おっと、これは言葉が悪かった。お尻を備品のティッシュで拭くんだな」

青ざめる私とは反対に、周りの空気がなごんでいくのを肌で感じる。みんな、毎月の定例会が嫌で仕方なかったから。

「じゃあ、これからはどうやって運営するんですか？」

「これまで通り定例会は開催する。ただし、俺抜きでな。その後、佐藤《さとう》が俺に報告にくればいい」

「加藤です」

「は？　……ああ、そうか。なにか異論はあるか？」

あるに決まっている。委員会のメンバーだってそのはず。そもそも勝手に委員長を変えるとか、システム化するとか、ほんと意味がわからない。こんな独裁的な決定、誰も納得できないよね？

怒りを胸にみんなを見るけれど、誰も目を合わせない。

……え、嘘《うそ》でしょう？　このまま私が委員長になるの？

斉藤さんがおずおずとうなずく。

「先生がそう言うなら……」「そうだよね……」「いいと、思い……ます」

同調する声が続く中、真壁先生は言った。

「てことで、これにて解散。今日からよろしくな、委員長」

口をゆがめた真壁先生。笑った顔を見たのは、はじめてのことだった。

みんな口々に挨拶をし、準備室を出ていく。斉藤さんは最後まで私の顔を見てくれなかった。

ああ、なんだか生贄《いけにえ》として差し出された気分。

真壁先生は木製の古い椅子にドカッと座ると、もうパソコンに向かってなにやら打ちだしている。画面には文系の私ではわからない記号やら文字が並んでいる。

「あの、真壁先生」

「ん？」

もう私がいることも忘れていたかのように背中を向けたまま答える真壁先生。口のなかがなんだか苦い。

「ひどいです。私、委員長をやるなんてひとことも言っていません」

「そうか」

「こういうのパワハラだと思います」

攻撃力の高いワードを口にしても、真壁先生は肩をすくめるだけ。

「嫌なら辞めればいい」

「なっ……」

「俺には関係ない」

当たり前のように言った真壁先生に言葉が出ない。黙る私にようやく振り返った真壁先生は不思議そうな顔を浮かべていた。

「どうかしたか？」

きっと、なぜ私が傷ついているのかすらわかっていないのだろう。まるで宇宙人としゃべっているみたい。言葉も態度も表情も、お互いにちぐはぐで百年経《た》っても理解できないんだ。

「なんで……そんなひどいこと言うんですか？」

「別に普通に言ってるだけだが？」

澄ました顔に鼻の奥がツンとした。泣きそうになるのをグッと堪《こら》える。今は、悔しさのほうが上回っている。ううん、それよりも怒りの感情のほうが大きい。

再びパソコンのディスプレイに向かう真壁先生に口が勝手に開いていた。

「先生は、冷たい人ですね。そんなんだからバツイチになるんですよ」

ポロッとこぼれた本音をごまかす気力もなかった。キーボードを打つ音がピタリと止まった。

「真壁先生は私たちをいつも敵対視しているみたい。生徒だけじゃなく、先生たちとも距離を取ってますよね。それって自分の居場所をなくすだけじゃないんですか？」

一度放たれた言葉は、ダムが決壊するのに似ている。これまで抑えていた気持ちがあふれ出している。こういうところ、おばあちゃんによく似ているのかもしれない。

「お前……」

「お前じゃありません、加藤です。真壁先生は、理事長の甥《おい》っ子だって聞きました。だから、そんな態度でも許されるんでしょうね。先生みたいな人がいるから、教師に絶望する生徒が出てくるんです」

倫の顔が浮かんだ。彼が学校に行かなくなったきっかけは、担任教師のうかつなひと言だったと聞く。倫はすっかり元気になっているけれど、どれほどの心の傷を負ったのか、私にはわからない。

それを知ってから、私は教師が嫌いになった。

ギイと音がし、真壁先生が身体ごとこっちへ向けた。また嫌みを言われるのだろうと構える私に、「たしかにな」と静かに言ったので驚く。

「俺は叔父《おじ》の恩恵を受けているから学校にいられるし、研究も続けられる。冷たい人かと言われたら『そうだろう』としか答えられない」

不思議だった。前髪でその表情はわからないけれど、声がさみしげに耳に届く。

「たしかに『やれ』だけじゃ納得できないよな。なくなって困る備品については、みんなが書きこめるようなチェック表が必要だろう。俺が来週までに作成しておくよ」

「……はい」

「それをもとに、どうやったらシステムが全校生徒に浸透するか考えよう。それでいいか？」

こくんとうなずくと、真壁先生は「わかった」とうなずいた。

なぜこんなに急変したのかわからない。私、言い過ぎたのかな……。

「あの、ひとつ聞いていいですか？」

足を組む真壁先生が前髪を指で流した。まるでちゃんと話を聞こうという意思表示のように思えた。

「先生は、なんの研究をしているのですか？」

チラッとパソコン画面を見やった真壁先生の口角がわずかにあがるのを見た。

「くだらない研究。言うなれば、俺の心を取り戻すための研究ってとこだ」

「心？　真壁先生はロボットなんですか？」

きょとんとした真壁先生の目元がゆるんだ。そうして白い歯を見せておかしそうに笑った。

「そうかもしれない。俺は、もう何年もロボットなんだろうな」

「え、それって……」

どういうことなのか尋ねる前に、机の上に置かれた電話が鳴った。笑みを消し電話に出た真壁先生は「はい、真壁です」と無表情な声に戻ってしまった。

一年以上も真壁先生に会っていたのに、はじめて知った新しい一面のような気がした。心を取り戻す、ってなんのことだろう……。

真壁先生はなにやら相手と話をすると、受話器を私に向けてきた。

「外線が入っているそうだ。おばあさんから」

「え!?」

おばあちゃんが？

なにかあったのかと思い受話器を受け取りもどかしく耳に当てた。病気？　それとも事故？　もしくは倫になにかあったとか——。

「もしもし、おばあちゃん？」

「ああ、咲希ちゃん」

が、受話器の向こうから聞こえてきたのは、
いつもの朗らかな声だった。外にいるらしく、うしろで雑音がしている。

「ごめんよ、学校にまで電話してしまって」

「ううん。なにか……あったの？」

息がうまくできない。嫌な予感が拭《ぬぐ》えないまま尋ねると、おばあちゃんは「まだ」と言った。

「まだ、ってどういう意味？　おばあちゃん今、どこにいるの？」

「病院やて」

「病院って……。え、具合が悪いの？」

行きつけの内科医院の外には、今どき珍しい公衆電話がある。そこから電話をしているのだろう。気づけば受話器をギュッと握りしめていた。

真壁先生がじっとこっちを見ている。

「おばあちゃん、大丈夫なの？」

「咲希ちゃんにどうしても伝えたいことがあって電話させてもらったんやて」

「今そこに誰かいる？　ね、伊吹じいはいないの!?」

「いいから聞きなさい」

ぴしゃりと言ってからおばあちゃんは、

「ラジオのことなんだけどね」

と続けた。

「……ラジオ？　ああ、あの古いやつ？」

「これから困ったことがあったら、ラジオの力を信じて行動してほしい。あきらめなければ、きっと咲希ちゃんに悪いことは起きないから」

「……どうしたの？　なんか怖いよ。ラジオの力ってなに？　おばあちゃん、すぐに先生を呼んで」

夢でも見たのだろうか？　それとも、前に授業で習った認知症の症状とか……？

いろんな想像をしながら必死に耳を傾けていると、クスクスと笑い声が耳に届いた。

「咲希ちゃんは、なんにも心配せんでいいて」

「でも……」

「言ってみて。『ラジオの力を信じる』って。ほら、早く」

「え……うん。ラジオの力を信じる」

復唱するとおばあちゃんは朗らかな笑い声をあげた。

「それでいいんやて。どんなにあきらめそうになっても、その言葉を覚えておいて。

あ、そろそろ時間やわ。咲希ちゃん、ありがとうね」

言うだけ言い、電話は一方的に切られた。

受話器を戻しながらも、違和感が身体にまとわりついて離れない。

「おばあさんは病院に？」

「……え？」

見ると真壁先生は立ちあがり、カバンを手にしていた。

「はい。あの……森上《もりがみ》内科に」

「わかった。行くぞ」

「え？」

「送ってやるから。ほら、急いで」

さっさと出ていく先生のあとを追いかけたとき、まだ悪い予感はたしかに存在していた。

――それから先のことはあまり覚えていない。


まるでバラバラになった写真のように、記憶に刻まれている光景があるだけ。

真壁先生の車が黄色だったこと。運転が乱暴だったこと。

天気が急変したらしく、嵐みたいに風が吹き荒れていたこと。車のラジオで梅雨入りを伝えていたこと。

森上内科の看板の下に、救急車の赤いランプが見えたこと。

おじいちゃん先生が私を見てハッとしたこと。救急車に飛び乗ったこと。

見たこともないほど青い顔のおばあちゃん。すがろうとする私の肩を、救急隊員がつかんで止めた。なにか私に説明をしている。

心拍数を示す機械の数値は下がり、やがてゼロになった。

なにか叫んだ記憶はあるけれど、世界は音をなくしたみたいに静かだった。

第二章　波のように悲しみが

幼いころから家がふたつあった。

共働きで忙しい両親に代わり、幼稚園のころは毎晩おばあちゃんが家に来て、夜ご飯を作ってくれた。小学校の高学年からは、私が弟を連れておばあちゃんの家に行き、夜ご飯を食べるようになった。

おばあちゃんはオシャレでかっこよくって料理上手。ランドセルを置き、その日あったことを話しているうちに、湯気の向こうから料理が魔法みたいに現れたのを覚えている。

『じいさんは和食しか食べてくれなかったから、こうしていろんな料理を作れるのだけはありがたいんやて』

うれしそうに、でも少しさみしそうにおじいちゃんの写真を見て口にしていた。

中学生になってからは、休みの日でもおばあちゃんの家を訪れた。私の知らないことをなんでも知っていて、テスト対策や宿題だって聞けばなんでも教えてくれた。

古い小説の話や、最新のファッションのこと、メイクの仕方だって。

まるで本物の魔法使いみたいに私の世界を広げ、変えてくれた。

――だから、いなくなる日が来るなんて、思いもしなかったんだ。

ずっと雨が降っている。

屋根を激しくたたく音が、途切れなく聞こえている。いつだって、どちらかがしゃべっていたから、こんなに雨音が響くことを知らずにいた。

お尻の部分がへこんでいるソファは、主をなくしてさみしそう。こうしていると、今にもおばあちゃんが現れそうな気がする。

『咲希ちゃんおはよう』『お腹空いてるだら？』『なんしょ、しよっと？』

耳が、記憶が、心が覚えているのに、もういない。二度と、おばあちゃんには会えない。

そんなの嘘だよね？

だって、あの日の電話で、おばあちゃんは元気そうだった。電話をする余裕まであったのに、助からないなんてことがあるの？

おばあちゃんに聞いてみたいのに、おばあちゃんなら答えられるのに、おばあちゃんだけがいない。

『心臓発作』という四文字の病気が、おばあちゃんをこの世から連れていってしまった。

あれから一週間が過ぎた。

先週の今日に戻れるなら、学校なんて休んでおばあちゃんを病院へ連れていけたのに。

今日まで自分がどんなふうに過ごしてきたのか、あまり覚えていない。

お葬式の日は、近所の人たちがたくさん葬儀場に来てくれた。

やさしい言葉をかけてくれたり死を悼《いた》んでくれる人たちに、私はただ黙って頭を下げた。涙はまだ出ていない。泣いてしまったら、みんなと同じようにおばあちゃんの死を受けいれることになる気がしたから。

冷たい水に溺れ、もがき、あきらめて流されるような時間だった。

もうあれから何日も経っているんだ……。

「おはよう」

声に振り向くと、奏太が立っていた。ドアの向こうに雨の線が無数に見える。

肩についた雨を払いながら、奏太は靴を脱ぎ入ってくるとソファに座った。おばあちゃんが座る場所を空けている。何気なくも当たり前のようなことがうれしかった。

「初七日法要はやらないんだって。知ってた？」

まるで天気の話でもするみたいに尋ねる奏太にうなずく。

「お葬式の日に済ませたって聞いた」

「俺、全然知らなかった。今日も休み？」

言われた意味がわからず首をかしげてから、自分が私服であることを思い出す。

「ああ……でも、もうすぐテストはじまるし、明日からは行くと思う」

気持ちと言葉がバラバラだ。

明日からは行くと思う、行ける気がする、行けるのかな、行かないと。

背筋を伸ばし「行くよ」と言い直すと、奏太は薄く笑みを浮かべてくれた。

「奏くんはこれから大学？」

「ん。でも必須科目じゃないし、咲希が望むならここにいてもいいけど」

「なによそれ。別に望んでないし」

奏太は私をなぐさめようと来てくれた。わかっているのに、強気な言葉がこぼれてしまう。

この数日、ずっとそうだった。お父さんやお母さんだって悲しいはずなのに、私を励ましてくれた。そのたびに平気な顔をして、笑ってまでみせた……。

どうすれば素直な感情を表に出せるのだろう。どうすればおばあちゃんを過去にできるのだろう。答えはまだ、知りたくない。

だってこの間まで毎日会っていたんだよ。ちゃんとお別れも言えてないのに、さよならなんてできないよ。

この家にまだおばあちゃんはいて、みんながいなくなったらひょっこり現れる。あのやさしい笑顔で『冗談だよ』って言ってくれる。だっておばあちゃんは魔法使いだから。

……そんなことありえないってわかってるのに、信じたくてすがりたくて。

「時ばあ、今にもそのドアから現れそうだな」

奏太の言葉にハッと息を止めた。同じことを考えてくれていたんだ……。

「うん。そんな気がしてる」

「心臓が弱かったなんて聞いてないし、年々若返ってる感じだったのにな」

部屋のなかを見回した。おばあちゃんの好きな家具や食器、観葉植物たちが私の代わりにうなずいている気がする。これからこの家はどうなってしまうんだろう。

毎日のように会っていたのに、もっと会えばよかったと悔やんでいる。たくさん話をすればよかった、甘えればよかった。言いたいことも聞きたいこともこんなに残っているのに、失くしてから気づくなんて遅すぎる。

「奏くん……私どうすればいいんだろう？」

奏太は長い脚を組むと、宙を見て「んー」と唇を尖らせてからうなずく。

「なんにもしなくていいんじゃない？」

「なんにも？」

大きくうなずく奏太がやさしくほほ笑んでいる。

「時ばあのこと、ここでたまに思い返せばいいと思う。ムリして学校に行くこともないし、少なくとも俺の前では元気そうにしなくていい。そのままの咲希でいればいいんだよ」

あ……ヤバい、鼻の頭がツンと痛い。泣くもんか、と唇をかみしめた。

わかってくれる人がいるって、それがうれしくて悲しい。

「でも、期末テストは受けないとな」

「だね」

「俺も今日はここでダラダラするわ」

「大学は行かなくて平気なの？」

「平気平気。なんにもしない日もたまには必要だろ？」

ごろんと奏太がソファに横になったとたん、入口の扉が勢いよく開いた。

ギョッとして見ると、伊吹じぃが「こら！」と声をあげ入ってきた。

「いつまで大学サボるつもりや」

「げ」と飛び起きた奏太が慌ててカバンを手に取り立ちあがる。

「今から行くとこだって」

「だったらさっさと行け。なんのために高い学費を支払ってると思ってるんや！」

真っ赤な顔で怒鳴る伊吹じい。奏太の右手が私の頭にぽんと置かれた。

「悪い。行ってくるわ」

うん、とうなずいている間に奏太は伊吹じいの横を華麗《かれい》にすり抜けて雨のなかへ消えた。

まだぶつぶつ言いながら伊吹じいは私を見た。

「咲希ちゃんもそろそろ日常に戻りなさい。俺は特別扱いはしないからな」

標準語ってことは怒っていないってこと。言葉と裏腹に、伊吹じいのやさしさが伝わってくる。

「明日からは行くつもり」

ふん、と鼻を鳴らし、伊吹じいが家を出ていこうとするので「ねえ」と声をかけた。

「奏くんも大学行ってなかったんだね」

「あいつなりにショックを受けてるんだろう。身近な人の死は、三度目だからな」

あ、と声にならない息が漏れた。奏太の両親は車の事故で亡くなったと聞く。彼が三歳の時だそうだ。

おばあちゃんと仲がよかったから相当なショックを受けているはずなのに、私を励ましてくれていたんだ……。

「伊吹じいは平気なの？　おばあちゃんとは長い仲だったんでしょう？」

「平気なわけないだら。でも、それ以上に俺は怒ってるんやて」

大きな背中を向けたままで答える伊吹じい。

「怒ってるって――」

「ひとりで勝手に死んでからに。あの日だって俺は家にいたんやて。具合が悪いなら言えばいい。それを勝手にひとりで病院まで行って――」

遮《さえぎ》るように怒鳴ってから伊吹じいが振り向いた。目が真っ赤になっている。

「俺に後悔させるためにしたんなら大成功やて。俺はこれから死ぬまで、罪悪感と一緒に生きてくんだからな」

悔しそうに床を踏み鳴らした伊吹じい。私のこみあげていたさっきの涙はもう消えてしまっている。

「でも、心臓発作だったんでしょう？　きっと突然のことだったんだよ」

そう考えると、最後に私に電話をくれたのだって奇跡的なことなのかも。

ううん、待って。心臓発作が起きる直前に電話をする余裕なんてあるの？　あんな朗らかに笑っていられるの？　疑問が浮かぶと同時に、大切なことを忘れている気がした。

なにかおばあちゃん、最後に言ってなかったっけ……？

混乱しだす頭のなか、伊吹じいはなぜかぽかんとしていたけれど「そっか」とうなずいた。

「たしかにそうやわ。ヘンなことで怒ってしまったな」

「いいけど、伊吹じい……大丈夫?」

「大丈夫やて」

そう言うと、伊吹じいは家を出ていった。彼なりにおばあちゃんのことを悲しんでくれているんだな。

奏太にもこれ以上心配をかけたくない。

「早く元気にならなくっちゃ……」

ひとりになると、また雨の音が聞こえたけど、さっきよりはやさしくゆるやかに耳に届いている。


ここのところ、夕飯は本当の家で食べている。そっか……本当の家、の呼称も変えなくちゃいけない。

お父さんもお母さんも、葬式やあとの処理で仕事を休んだり早く帰ってきてくれたりしていたけれど、明日からは通常勤務に戻るとのこと。

おばあちゃんがいなくなり、少しいびつになった日常も、やがて前のように戻っていく。当たり前のことなのに、まだそうしたくない自分がいる。

「大丈夫?」

湯呑《ゆの》みを手渡されて顔をあげると目の前には心配そうなお母さんの顔があった。お父さんも隣で眉を困った形にしている。

「あ、うん」

答えながら、今日の夕飯がハンバーグであることに気づいた。湯気と一緒によい香りがやっと鼻腔《びこう》に届いた。

ドアが開き、倫が「おお」と声をあげながら入ってきた。

「今日はハンバーグなの？　うれしい」

飛び跳ねるようにして席についた倫は、長い髪をゴムで結わいている。オレンジのジャージをダボッと着て仕草《しぐさ》も話しかたもきっと私よりやわらかい。メイクはしていないけれどつるっとした肌に整えられた眉。

子供のころからフェミニンな服装を好み、ヒーローもののテレビは嫌いで、魔法少女のアニメに熱中していたし、私が読んでいた少女漫画ばかり繰り返し読んでいた。

そう考えると、昔から妹っぽさはあった。

中学二年生の終わりごろ、彼は自分らしく生きるために道を選択したのだ。夜間学校は楽しいらしく、最近では彼を理解してくれる仲間も見つかったそうだ。

「咲希ちゃん、ひどい顔してる」

大きな瞳で覗きこんでくるので、同じ幅で顔をそらした。

「うるさいなぁ。余計なお世話だってば」

「ボクが使ってるパック使えばいいよ。スキンケアしないとパパみたいな肌になっちゃうよ。DNAの遺伝って怖いんだから」

パクパクとハンバーグを口に放りこみながらそんなことを言ってくる。名指しで否定されたお父さんが「げ」と短く言った。

「そんなに俺って肌が汚いのか……」

「倫、そんなこと言わないの。それにスキンケアって逆に肌に負担がかかることもあるのよ。お母さんは毎晩クリームだけでこんなにきれいよ」

お母さんが自分の頬を向けると、倫はわざとらしくため息をついた。

「ママはたしかにきれいだけど、気をつけないとそのうちシワだらけになっちゃうんだから。ボクみたいに一〇〇%天然成分の美容液を使うべきだよ」

「その費用は誰が出してるのよ。あんまり生意気なこと言ってるとおこずかい減らしちゃうわよ」

ぷうと膨れたお母さんに、倫は速攻で謝罪をしている。

――そっか。みんな気を遣ってくれているんだ。

ちゃんと笑わないと、と自分に指令を出す。実の母親を亡くしたお父さんは、誰よりも悲しんでいるはず。お母さんだっておばあちゃんと仲良しだった。倫は、昼間によくおばあちゃんの家に顔を出していたそうだ。

悲しいのは私だけじゃない。みんなニコニコしながら、一週間前に起きた悲劇を受け止めているんだ。

明日からは学校に行く。そうして、ゆっくりと悲しみは薄らいでいくのだろう。

でも、どうしても今日はお父さんとお母さんにお願いしたいことがあった。

そっと箸を置く私にお母さんは気づいてくれた。

「どうしたの？」

「あ、うん。あのね、お願いがあって……」

なるべく明るく言うつもりが、思ったよりも重いトーンになってしまった。

「四十九日の法要はするんだよね」

「ああ。その予定ではいるけど」

避けていたおばあちゃんの話題に、お父さんの顔が曇《くも》る。いつだってお父さんは感情が顔に出るから。

「その日までとは言わないけど、納得するまでしばらくおばあちゃんの家にいていい？」

倫が「ほえ？」と高い声で言った。

「それって、寝泊りするってこと？　なんでなんで？」

「わからない。でも、そうしたいから」

目線をお父さんとお母さんに向けたまま答える。ふたりは顔を見合わせて困った顔をしている。

「もちろん、自分なりに受け入れられたら帰ってくるつもり。学校もちゃんと行くし、週末は帰ってくるから」

まだ黙っているふたりから視線を落とす。今日、おばあちゃんの家にいるときにそうしたい、と思った。このままなかったことにして忘れていくよりも、四十九日までは悲しみと向き合ってみたい、と。

ふいに倫がパチンと手をたたいた。

「それ、いいね。ボク、大賛成」

「そんな簡単に言わないの」

たしなめるようにお母さんが言う。

「なんで？」

「だって、ほら……。田舎とはいえ、女の子がひとりでいるなんて危ないでしょうに。それに、最近物騒な事件もあるじゃない」

隣町で泥棒の被害が相次いでいると地元ニュースでやっていた。学校でもその話題が出ている。しかし、倫は首をかしげたまま。

「そうかなあ。向かいには伊吹じいだっているし、頼りないけど奏にいちゃんもいるよ？」

加勢してくれる倫の考えかたは、誰よりも自由。予想していなかった味方に、私も身を乗り出す。

「平日だけでいいからお願いします。ちゃんと、おばあちゃんを見送りたいの」

「んー」

眉をひそめてうなるお父さんが、

「いいんじゃないかな」

そう言ってくれた。間髪容れず「お父さん！」とお母さんが横を見た。

「簡単に言わないでよ。咲希がひとりであの家で寝泊りするなんて心配でしょ」

「でも、明日からは俺たちだって遅くなるし、倫だって夜は学校の日が多いだろ？伊吹さんや奏太くんがそばにいる場所なら、安心じゃないか」

「そうだけど……」

「俺からふたりにはお願いしておくから。ん、これうまいな」

話は終わり、と食事に戻るお父さんに、お母さんはしばらく黙っていたが「もう」と箸を持ち直した。

「しょうがないわね。ただし、一度でも遅刻したり、週末に戻ってこなかった場合はそこでゲームオーバーだからね」

「やったね」

倫がウインクしてきたのでうなずいた。

『ありがとう』も『ごめんね』も言えなかったけれど、みんなのやさしさをこんなに感じたことはなかった。

そのぶんまた、おばあちゃんが恋しくなった。


「なるほどねー」

いつものように机のなかを漁りながら亜弥が感心したように言った。放課後、これから部活へ行くという亜弥に、おばあちゃんの家に住んでいることを話したところ。

「いつまでいるの？」

「四十九日が八月半ばだからそこまでかな」

お盆の最終日である十五日に法要はおこなわれるそうだ。私はようやく私物の運搬《うんぱん》を昨夜、完了させたところ。住む、となると持っていかなくてはならない物が思ったより多く、五日間もかかってしまい、もう七月に入っている。

亜弥は「そっか」とうなずいてから顔をあげると、私の机にお尻を乗せた。

「大丈夫？　なんなら泊まりにいくよ」

「今のところ快適。もっとさみしくなるかと思ったけど、毎日のように伊吹じいが来てくれて、ふたりで料理に挑戦したりしてるの」

「奏太さんも、でしょ？」

意地悪なことを言ってくる親友を軽くにらむ。

「毎日じゃないよ。でも、たまにかな」

私がプチ家出している間に学校では期末テストがはじまった。おばあちゃんの家でのテスト勉強は、思ったよりもはかどっている。

テスト二日目にして、やっとおばあちゃんの家にいることを亜弥に言えたところだった。なぜ言えなかったのかはわからない。たぶん、ヒかれる気がしたからかな。

いつだって先回りして考えすぎてしまうのが私の悪い癖だ。

帰り支度をして廊下に出る。テスト期間中は亜弥と一緒に帰れる。といっても、彼女は列車、私はいつものバスだけど。

「まだ三時だし、これからフルーツパーク行かない？」

列車で二駅のところにある果樹園は、もう長い間行っていない。最後に行ったのは……おばあちゃんとだ。

なにげない会話にもおばあちゃんとの思い出が浮かんでしまう。

「テスト期間中に？　しかも明日は、一番苦手な英語が待ち構えているのに？」

「だからこそ、だよ」

「え、どういう意味？」

「……えっと、あたしもよくわからない」

自分で言っておいてきょとんとする亜弥に噴き出してしまってから気づく。

あ……私、笑ってる。

ひどく不謹慎な思いと、ホッとした気分が入り混じり、口のなかが苦く感じた。

「でも、いいかもね。天気もいいし、フルーツパークで英語の予習ってのも悪くないかも。久しぶりに天竜浜名湖鉄道にも乗れるし」

「でしょ。今ね、桃狩りやってるんだって。桃を使ったデザートも売ってるってテレビで紹介してたの。あたし、桃が大好きなんだ」

テンションのあがった亜弥に私もつられるようにその気になる。うん、こういうのもいいかも。

が、廊下の向こうから来る真壁先生を見て、嫌な予感も同時に生まれた。

「加藤、ちょっと準備室へ」

すれ違いざまぶっきらぼうに言った真壁先生に、異議を唱えたのは亜弥。

「え、マジ？　これから用事があるんですよ」

「帰宅途中の寄り道は禁止。テスト期間中ならなおさらだ。フルーツパークは夏休みに行け」

去っていく真壁先生に、亜弥はうなり声をあげた。角を曲がり見えなくなると、亜弥は悔しそうに頭をブンブンと横に振った。ポニーテールも跳ねる。

「メガネのヤツ、地獄耳すぎ。てか、やっぱり堅物だわ」

「まさか聞かれてたなんてね」

「シカトすればいいじゃん。テスト期間中に委員会なんてないでしょ。職業乱雑じゃね？」

「それを言うなら職権乱用、でしょ？　しょうがないよ。前から頼まれてたことをやってなかったし、行ってくる。フルーツパークは夏休みにでも行こうね」

先生の去った方向に歩きだす私に、亜弥は「またね」と手を振った。

またね、亜弥。元気づけようとしてくれてありがとう。

同じように手を振り返し、歩きだす。

真壁先生から発注システムのことを聞かれるのだろう。おそらく、たくさんの嫌みを添えて。もしくは、おばあちゃんのことかもしれない。

真壁先生とは救急車に乗ったとき以来、会ってなかった。

ちゃんとお礼も言えてないことを思い出す。ああ、要件はそっちかもしれない。

重い気持ちで物理準備室の扉を開けると、真壁先生はいつもと同じく奥にあるパソコンに向かっていた。

「来ました」

「ああ。座ってくれ」

ギイ。

きしむ音を立てた古い椅子に座ると、真壁先生はパソコンに向かったままで「大変だったな」と言った。

「はい。色々ありがとうございます」

「俺はなんにもしてないから」

ようやくパソコンから指先を離し、振り向く真壁先生。長すぎる前髪とメガネでその表情はよくわからない。

「聞きたいことがある」

「あ、はい。祖母のことですよね？」

「違う」

「じゃあ……備品発注表のことですか？　それはテストが終わったら――」

「ラジオのことだ」

途中で言葉を遮った真壁先生に首をかしげる。

「ラジオ？」

じれったそうにメガネをグイとあげた真壁先生が顔を近づけてきた。

「あの日、おばあさんからの電話があったとき、『ラジオの力』って口にしてただろう？」

そうだったっけ……？　あの日のことはあまり思い出せない。記憶を辿《たど》れば最後は悲しみに暮れる夜に続いてしまうから。

「……違うのか？」

どうして真壁先生が残念そうな顔をしているのだろう？

目線をそらしていると、ふとおばあちゃんの声が頭で流れた。

『これから困ったことがあったら、ラジオの力を信じて行動してほしい』

たしか、そんなことを言ったはず。そのあとはなんだっけ……？　私はなんて答えたのだろう。

思い出せば、胸のあたりが苦しくなる。

うつむく私に、真壁先生は「悪い」と短く言った。

「嫌なこと思い出させてる。悪かった」

「いえ、あの……」

「落ち着いたらまた聞かせてくれ」

背中を向けた先生の白衣はあいかわらずしわだらけ。少し見ない間に髪の毛はさらに伸びている。

話をすべきなのはわかっている。けれど、拒絶するような背中に私は頭を下げ準備室を出た。

外に出ると、梅雨の合間の空には太陽が光っていた。来週には再び梅雨空に戻るみたいだけど、夏の熱気はもう地面からゆらゆらと立ちのぼっている感じ。

バス停に向かって歩きながら、改めてあの日の会話を思い出そうとする。

そう、おばあちゃんは公衆電話から学校に電話をしてきた。

苦しいとか助けを求めるためじゃなく、なぜかラジオの話をしていたよね。

私はなんて答えたのだろう。

あ、たしか『ラジオの力を信じる』って言った気がする。そもそも、ラジオの力ってなんのことだろう。心臓発作が起きる直前にでも伝えたいことだったのかな……。

おばあちゃんが亡くなってから、あのラジオには触っていない。そもそも、操作はいつもおばあちゃんの役目で私は電源スイッチがどこにあるのかすらわからない。

帰ったら触ってみよう。

バス停にいた女性が私を見つけて手を振ってくる。ダボッとしたピンクのシャツに七分丈のブルーのパンツスタイル。長いつばのついた帽子をかぶっている。

知らない人？

戸惑っていると、

「咲希ちゃん」

と彼女がうれしそうに私の名を呼ぶ。あ、彼女じゃなく彼だ。

「なんだ倫か」

珍しい、昼間に出歩いているなんて。暑さに負けず近づくと、倫はうれしそうに手をたたいている。

「やっぱり咲希ちゃんだ。うれしい、こんなところで会えるなんて！」

キャーと声をあげる倫に、バスを待っている数人の大学生がいぶかしげに視線を送ってくる。

「どうしたのよ。なんでこんなところにいるの？」

「咲希ちゃんに会いにきたの」

「え？」

「というのは嘘でぇ、今日は奏にいちゃんに用事があって来たんだよ」

ニカッと笑った倫のこめかみに丸い汗が浮かんでいた。

「奏くんに？　え、大学まで行ったの？」

「そうなの。大学のなかってすっごく広いんだね。奏にいちゃんに会うまで大変だったんだから」

自慢げにあごをツンとあげる倫。

「なんの用事だったの？」

尋ねる私に倫はたっぷり間をとってから答えた。

「ではここで発表したいと思います。なんと、土曜日は三人でデートするんだよ」

「はあ？」

今、デートって言ったの？　聞き間違い？

周りの人が注目しているので、倫を引っ張るように聞こえない位置へ連れ出した。

「ちょ、どういうこと？　デートっていったいなんの話よ」

「土日は期末テストの中休みでしょ」

倫と会話しているとき、質問と答えが一致しないことが多い。けれど今はなんとか答えを聞きださなくてはいけない。

「だから、それがどうしてデートと結びつくわけ？」

「じゃあ、駅まで歩きながら話そ。ボク、これから図書館行くの」

さっさと駅に向かう背中を追う。

常葉《とこは》大学前駅は、無人駅。階段をのぼったホームでようやく倫に追いついた。

「歩くの早すぎ。てか、バスに乗り遅れちゃったじゃん」

文句を言うが倫はなんのその。

「この駅好きなんだよね。田んぼを割るように直線の線路が走っているでしょう。土一色だったのに、水を張ったあとは空が映ってたし、今はこんなに緑色。すっごくキレイじゃない？」

あいかわらずかみ合わない会話だけど、たしかに倫が言ったように稲の緑色が絨毯《じゅうたん》のように広がっている。秋になれば稲穂があたりを金色に染めるのだろう。

「咲希ちゃん、見て。あれ、入道雲じゃない？」

倫が青い空を指さしたので、さすがの私も我慢の限界を迎える。

「入道雲にはまだ早いでしょ。それよりいつになったら説明してくれるのよ。電車来ちゃったじゃない」

踏切が音とともに降り、向こうから小さく列車が近づいてくる。しょうがないな、と倫はつるんとした頬で笑った。

「ボクが奏にいちゃんに片想いしてること知ってるでしょ？」

「でも、『本命はほかにもいる』って言ってたじゃない」

「もちろん」とうなずいた倫が、人差し指を私の目の前に立てた。

「恋に後進的な咲希ちゃんと違い、ボクの恋は自由に満ちあふれているの。ひとりの人としか恋しないなんてありえないよ」

生意気言って。むんず、と人差し指をつかむと、倫はカラカラと笑った。

「ボクさ、観たい映画があるの。新しい服もほしいし。浜松の街中で遊びたいな、って。でも、そのためにはお金のある人と一緒に行かなくちゃだし。だから、ね？」

「首をかしげてもダメ。だいたい、昼間はずっと寝てるくせに」

「任せて。前の日は、学校終わったらゲームしないで寝るから」

ピースサインまで作る倫に、私は口をつぐむ。倫が言いだしたことは絶対だ。

それは私が妹に……いや、弟に弱いから。倫も私の弱点を絶対に知っている。

「ふたりで行けばいいでしょ。あんたと奏くん、もしくは私と倫で」

せめてもの反抗をする私に、倫はポシェットから日焼け止めと鏡を取り出している。

そうこうしている間に、列車が線路を鳴らす音が近づいてきた。

やがてブレーキ音をきしませ、列車が停まった。

「知ってた？　日焼け止めって外に出る四十五分前には塗ってないと意味がないんだよ。さらにこうやって、何度も塗らないといけないの」

もう話は終わりみたい。しっかりと日焼け止めを塗ったあと、鏡のなかの自分にニッコリほほ笑んでみせてから、パタンと蓋《ふた》を閉じる倫。

「じゃあ、図書館でテスト勉強して学校に行ってきまーす」

軽々とした足取りで列車に乗りこんでしまう。

扉が閉まり列車は走り出す。倫は、窓から私に大きく手を振っている。言うだけ言っていなくなるなんてひどすぎる。まだ外に出る気分じゃないし、映画なんて観たくない。倫は誰よりも敏感だから、私を元気づけようと提案してくれたんだろう。

でも、奏太と出かけるのは賛成できない。

悲しみのどん底にいる今、助けてくれる奏太には感謝しているけれど、デートなんてしたら抑えてきた気持ちがまた動いてしまいそう。

今はおばあちゃんのことだけを思って悲しみに暮れていたい。そう思うそばから、奏太の顔が頭から離れてくれない。

去っていく列車はやがて、見えなくなった。

食器洗いにはコツがある。

伊吹じいと料理をすることでレシピは少しだけ覚えたけれど、片付けはあいかわらず苦手なまま。食べ終わると伊吹じいはすぐに帰っちゃうし、奏太はソファでテスト勉強で忙しい。

さっきまでのにぎやかな音や笑い声もなく、水の音と食器が立てる音が重なり耳に届く。

おばあちゃんが好きだったお皿、箸にお椀《わん》。洗い終わったそれらを、水切りかごに入れていく。残るはフライパンやトングなどの油がついた調理器具たち。自然派のおばあちゃんが愛用している食器洗剤はちっとも泡立たないので毎回苦労している。

洗い物をしながらシックな色に統一された部屋を見回した。まだおばあちゃんがいるような錯覚をいつもする。

それにしても出口の少ない間取りだ。ベランダも台所も、窓は手のひらサイズの人形がなんとかとおれるくらいの大きさしかない。たくさんあるから外光はうまく取り入れられているけれど、夜になると一気に暗くなってしまう。

「なあ、今日さ――」

奏太の声に蛇口の水を止めた。

「え、なに?」

「聞いた? 大石《おおいし》さんの家に泥棒が入ったんだって」

「大石さん?」

タオルで手を拭きながら尋ねると、「大石美亜《みあ》さん」と奏太は言った。

「ほら、小学校の時に近くに住んでた子」

「ああ」と思い出す。大石美亜さんは私よりふたつ上の女の子だ。すぐそばに住んでいて、私や奏太ともよく遊んでいたっけ。

「なつかしい。たしか、線路の向こうに家を建てて引っ越したんだよね？　美亜ちゃん元気かなぁ」

「私立中学に行ったから会うこともなくなったけどな。で、今日知り合いに聞いたんだけど、留守中に泥棒が入ったんだって。大石さん、間一髪顔を合わせずに済んだらしいよ」

最近、頻繁《ひんぱん》に泥棒に入られたというニュースを聞く。

「そうなんだ。怖いね」

「咲希も戸締りはちゃんとしろよ。一応女子なんだし」

「一応、は余計でしょ」

ぶうと膨れる私に、奏太はキヒヒと笑ってから、なにか思い出したように手をたたいた。

「土曜日のこと言うの忘れてた。映画とショッピングと食べ放題のランチ。集合は九時だってさ」

「ああ、倫から聞いた。食べ放題は初耳だけどね。でも、奏くんはいいの？」

「いいよ。そっちは？」

「いいよ」

軽くうなずくと、奏太はノートになにやら書きだしたので再度水を出した。さっきよりも水は温かく、油だってするする落ちている気がするなんて、自分でも単純だと思った。

同時に不謹慎だとも感じる。おばあちゃんが亡くなってそんなに経っていないのに、楽しんでいいのかな。

誰かに聞けば『あなたの人生を』とか『前を向いて』とか励ましの言葉をくれるだろう。実際、クラスの担任は久しぶりに出席した日に『悲しみはいつまでも続かないから安心しろ』って言ってた。

今、悲しくて苦しいのに、いつ来るかわからない未来なんて信じられない。暗闇《くらやみ》のなか、必死で光を探しても、なにも見つからずに動けないでいる。

そんなことを言えるはずもなく、私は素直にうなずいたっけ。

洗い物が終わり手を拭いていると、奏太が私を見つめていた。同時に胸がドキッと鳴った気がした。

「……なに？　コーヒーならセルフサービスだよ」

こういう時、どうして不機嫌そうに演じてしまうのだろう。

ノートを閉じた奏太が大きなリュックに詰めこんでから立ちあがった。

「ひとつだけ言っていい？」

「あ、うん」

「無理して元気ぶらなくていいよ」

不意打ちの言葉に、また鼻がツンとするのがわかった。背を向け、意味もなく冷蔵庫を開けた。

「前にも言ったこと。そのままの咲希でいればいいんだし、悲しいなら悲しんでいればいい」

「そう、だね」

「土曜日だって、俺と倫のふたりで行ってもいいし」

たしかに外で遊ぶ元気はまだないかもしれない。だけど、友達も家族も奏太も、私を励まそうとしてくれている。それだけでうれしくて心が温かくなる。

すう、と息を吸ってから振り向く。

「なんでふたりで行くのよ。私だって映画観たいし買い物もしたいんだから」

奏太が「ならいいけど」と、八重歯を見せて笑った。

「じゃ、おやすみ。くれぐれもカギを――」

「ちゃんと締めるから大丈夫。おやすみ」

うまく、言えたと思う。奏太の言う『そのままの私』がどんなふうだったのか、今は思い出せない。映画を観たいかどうかもわからない。

ソファに座り、もういないおばあちゃんに心で尋ねた。

——おばあちゃん、私は立ち直れるのかな?

早く元気になりたい、という気持ちと、そうすることでおばあちゃんを忘れてしまうような罪悪感がいつもある。みんなが元気づけてくれているのがわかるからこそ、どうしていいのかわからないよ。

テレビのそばに昔から置かれている仏壇には、おじいちゃんの写真が飾られている。最近増えたおばあちゃんの写真は、私がフルーツパークで撮ったものだ。声が聞こえそうなほど、大笑いしているおばあちゃん。

ろうそくに火をつけ手を合わせた。

ふと、テレビボードの上に置かれたラジオと目が合う。

「そうだ……」

絨毯の上にしゃがみこみ、大きな機械を眺めた。あまりにも大きなラジオは、本当に博物館にあるような年代物。黒色が若干剥《は》げているボディに、銀色のつまみ、白いスイッチ、よくわからない表示が並んでいる。

あの日、おばあちゃんは『ラジオの力を信じろ』と言っていた。『このラジオには不思議な力がある』とも。

左上にある唯一赤い線で囲まれたボタンを押してみる。プツンという短い音がして、ラジオはまた沈黙する。

「えっと……」

おばあちゃんはいつもどうやって動かしていたっけ。記憶をたどっても『スマホにすればいいのに』なんて揶揄《やゆ》したことしか思い出せない。

いろんなボタンの下には文字が書いてあったみたいだけど、ほとんどが剝げ落ちていて読めない。

たしか、これ……？

丸い突起を右へ左へ回すと、中央に表示された針が左右に動く。違うらしい。これは番組を探すやつだ。なんてアナログでめんどくさいのだろう。

「じゃあ、ボリュームは……」

手当たり次第触っていると、電子音が遠くから聞こえた気がした。これが音量を変えるボタンだ。つまみをそっと右に回すと音量が大きくなる。

…ジジジジ……ｷｭｲｰﾝ

歯医者さんにいるときのような音が耳に届くと同時に、視界が揺れた気がした。

ああ、おばあちゃんの好きなラジオを触っているんだ。うれしさと悲しみが一緒にこみあげてきている。

ずっと泣けなかった。泣いてしまったらおばあちゃんが本当にいないことを認めてしまうことになるから。

でも、もうおばあちゃんはここにはいない。認めたくないのに、今それを理解した気がするのはなぜ？

あっけなく頬にこぼれた涙をそのままに、番組を探すためにつまみを動かす。針の先が、涙でよく見えない。

気づけば絨毯の上に横になっていた。まだ聞こえるラジオのノイズ。それが波の音みたいに行ったり来たり。悲しみがノイズになり波のように押し寄せてくるよう。

明日はテストだから起きて勉強をしないと。思うそばから眠気に包まれていく。静かに目を閉じてもまだ涙は止まらない。

『……咲希ちゃん』

声が聞こえた気がした。

──おばあちゃん？

『聞こ……ジジジジジ。ねえ……ジジジ……ちゃん』

ああ、おばあちゃんの声だ。私の大好きなまあるい声。おばあちゃん、なんて言ったの？

『土曜日……ジジジッ……から、奏太……ジジジジ……町……だに』

おばあちゃんなに？　ノイズが多くて聞こえないよ。

ねえ、おばあちゃん？　おばあちゃん……。


土曜日は快晴だった。

まだ梅雨は明けていないらしいけれど、すっかり夏の雰囲気だ。セミの大合唱が聞こえ、外に出るとさらにその音が大きくなった。

朝から違和感はあった。

まず、おばあちゃんの家を出るときに倫からスマホにメッセージが届いていたこと。

『用事があるので先に駅に行くね。九時に必ず来てよね』

たくさんの絵文字とスタンプに彩られた文章を見て、一瞬ヘンだなとは思った。倫はなにかあるとメッセージじゃなく電話をしてくるのが常だったし、夜型の彼に、早朝からの用事があるなんて思えない。

バスに乗ると同時にまたしてもメッセージが。

『ちゃんとバスに乗れた？』

さっきよりも違和感が大きくなり、電話をかけようとしてバスのなかだと思いとどまる。これがふたつめ。

『乗れたよ。今、どこにいるの？』

『今日はいい天気だねぇ。ちゃんと来てよ』

メッセージアプリでも会話は成立しない。これは違和感じゃなくて、いつものこと。

最後の違和感は、待ち合わせ場所に奏太しかいなかったこと。薄手のパーカーにジーンズ。茶色のリュックははじめて見るものだった。

ザザシティ浜松というショッピングモールの前は、土曜日ということでにぎわっていた。朝というのに夏のはじまりを告げる暑い日差しがコンクリートを熱している。

「あれ、倫は？」

尋ねると奏太は肩をすくめポケットからファンシーな柄の封筒を取り出した。

「それがさぁ、さっき来たと思ったら、これ渡してどっか行っちゃってさ」

「へ？」

表面に『お姉様へ』と丁寧な文字で書かれている。悔しいけれど、倫は私よりも字がうまい。むしろ、達筆というレベルだ。

封の代わりに貼ってあるネコのシールをはがすと一枚の便箋《びんせん》が入っていた。

ああ、これは違和感というよりもはや確信だ。普段『咲希ちゃん』と呼ぶ彼が、私を姉扱いしたときは悪い兆候《ちょうこう》だと身をもって知っているから。

『お姉様へ
　奏にいちゃんをお貸しします。

　今日くらいは思いっきり楽しんでね。

あなたのライバルより』

　サーッと血の気が引くのを感じる。

　奏太が覗きこもうとするのに気づき、慌てて便箋を丸めた。

「なんて書いてある？」

「あ、ああ……。なんか用事ができたんだって」

　いぶかしそうに眉をひそめる奏太と同じ顔をなんとか作ってみせた。

「ということで、また今度にしよっか」

　ちょうどよかった。ここに来るまでの間、何度もおばあちゃんのことを思い出していたから。まだ四十九日も過ぎていないのに遊ぶなんて、不謹慎にも感じていた。

　それに、さすがに奏太とふたりきりで映画はないだろう。仕切り直すのが正解だと駅のほうへ歩きだす。

法事が終わったら改めて来ればいい。夏休みは八月末までたっぷりあるのだから。

が、奏太は動かない。

「来週から映画のスケジュールが変わるし、このまま観ていこう」

奏太はさっさと建物の入口へ進んでしまっていた。どこを探しても、やっぱり倫の姿は見つけられなかった。

「待ってよ」

慌てて駆けだすけれど、まだ罪悪感はうしろからついてくるようだった。

友達なら、映画を観るときに隣同士に座るのは自然なこと。

そのあとにランチするのも自然だよね。

久しぶりに観た映画はおもしろかった。恋愛とサスペンス、ホラーが入り混じった内容で、エンドロールが終わるまで世界観に没入してしまった。

ランチのときもショッピングのときですら、おばあちゃんのことを思い出さなかった。

駅の南口にある商店街には来たことがなかった。名前はサザンクロスというそうだ。

入口近くにあるショップに寄ったけれど、奏太の友達は風邪でお休みとのこと。奏太はぶつぶつ文句を言っていたけれど、私好みの雑貨がたくさん置いてあったのでよしとしよう。

特に、棚に飾ってあった黒猫の顔をかたどったキーホルダーに心を奪われた。大きめのキーホルダーの黒猫は、大きな目の片方から水色の涙をこぼしている。迷いに迷って、結局買わないことにした。

先にショップを出ると、ガラス戸の向こうに奏太が見えた。背を向けてまだ雑貨を眺めている。

ガラス戸に背をつけてみる。なんだかふたりでデートみたいなことをしているのがこそばゆい。

ショップを出たあと、お茶屋さんの前に設置された木製のベンチに座る。『サザンクロス』と大きく書かれたアーケードのなかは、店のシャッターが半分くらい降りていた。

向こうに見える通りでは新しいマンションが建つらしく、大規模な工事がおこなわれている。土曜日というのに重機の音や金属を打ちつける音が、重なりながら空に昇っていくみたいだ。

「ここ、うるさいな」

苦虫をかみつぶしたような顔の奏太に、「だね」と答える。

それからまた、みんなのことを思い出した。私も早く元気にならなくちゃ。

「奏くん」

「ん？」

脚を組みなおす奏太が答えた。どうしようか、と迷いながら口を開いた。

「ヘンなこと言うけど聞いてくれる？」

「もちろん」

ニカッと白い歯を見せてくる。ひと呼吸おいて気持ちを落ち着かせた。

「私ね、なんかおかしいの。おばあちゃんがいなくなってから、自分が自分じゃないみたいで……」

「ああ、仕方ないよ」

「いつも思い出しちゃうの。でも、思い出さなくなる自分が怖いんだよね」

「だな」

作業員の怒鳴り声が風の向こうでしている。

奏太は「俺もさ」と言いかけてやめた。

「なんでもない」

「え、なに？　ちゃんと言ってよ」

「ヘンな慰めは得意じゃない」

「奏くんていつもそう。言いかけてやめるクセ、直したほうがいいよ」

「俺がいつ言いかけてやめたんだよ」

ムキになるのは昔から。

「おばあちゃんが砂糖と塩を間違えて入れたときも言わなかったよね？　この世でいちばんまずい煮つけだったんだから」

バッと立ちあがった奏太が腕を組んだ。

「あれは、新しい味つけなんだと思っただけ。あーもう、絶対に言わねー」

「えー、聞きたいのに」

立ちあがろうとする私を、彼は右手をパーの形にして止めた。

「さ、冷凍餃子買って帰ろっか。じいちゃんが夕飯は浜松餃子を食いたいんだってさ。その前に飲み物買ってくる」

「でも……」

「三ヶ日みかんサイダー、好きだろ？　荷物番たのむわ」

照れたように走っていくうしろ姿を見送ってからため息をつく。

いつもそうだ。話をしていると、つい奏太に突っかかってしまう。そうじゃないと気持ちがあふれてこぼれ出してしまいそうだから。

こんな気持ち、奏太は知らないんだね。知らなくていい。知ってほしくない。

帰ったら倫を叱《しか》ってやろうと思っていたけれど、逆にお礼を言わなくちゃ。少しでも気晴らしができたし、元気ももらえたから。

そこまで考えてから気づく。奏太、『三ヶ日みかんサイダー』って言ってなかった？　まさか、あのジンクスを知ってるわけじゃないよね？

期待してしまう自分をおさえるように高鳴りそうになる胸を押さえた。

腕時計に目をやると十四時三十分。土曜日はバスも多いから安心だ。

今日は家に戻る日だから、冷凍餃子をお土産に買って帰るのも悪くないかも。浜松餃子も最近ご無沙汰だし、お母さんに焼いてもらおう。

工事の音に隠れるように商店街には地元FM局のラジオが流れている。ふと、先日のことが頭に浮かんだ。

ラジオの前で泣きながら眠った夜、おばあちゃんの声が聞こえた気がした。きっと夢を見たんだろうな。

しっかりしないと、と背筋を伸ばす。悲しみに浸るのはおしまいにして元気にならなくちゃ。

「よし」

と、気合いを入れた瞬間、ガシャン！

すごい音とともに地面が揺れた気がした。遅れて金属がぶつかる高い音が続いている。耳がキーンと締めつけられる。

「え、なに……」

見ると工事現場のほうから白い煙が湯気のように生まれていた。叫び声と男の人の声がする。わらわらと集まる人たち。

なにかあったんだ……。

吸い寄せられる虫のようにふらふらと近づいていく途中、足を止めた。

あれ……奏太はどこ？

すぐに足元からなにかが一気に這《は》いあがってくる。それは、恐怖だった。

誰かが「救急車を！」と叫んでいる。断片的な声がする。

「男の子が！」「しっかりしろ！」

頭のなかに直接届く声に導かれるように人をかきわけた。足場が崩れたのか自動販売機のそばに何本もの丸い鉄パイプが転がっている。

「危ないから離れて！」

工事現場の人の青い顔。スマホを構える人々。場にそぐわないＦＭの陽気な音楽。

さっき寄った店の店主がエプロン姿で立ち尽くしている。

真っ赤な血だまりのなか、転がっているのは奏太のバッグだった。

第三章　君の声が聴こえる

『大きくなったらお医者さんになるの』

『咲希ちゃんなら立派なお医者さんになれるね』

『ほんと？　ほんとにほんと？』

『おばあちゃんが約束する。おばあちゃんの主治医になるだら？』

『しゅじいってなあに？　伊吹じいみたいなおじいちゃんのこと？』

『ははは。おばあちゃんを診《み》てくれるお医者さんのことやて』

『うん。私、絶対におばあちゃんのしゅじいになる。おばあちゃんが二百歳まで生きられるようにしてあげる』

『ふふふ。おばあちゃんはそこそこでいいよ。七十歳くらいで死にたいねぇ』

『死ぬなんて言っちゃダメ。本当のことになっちゃうよ』

『あらあら、泣かないで。おばあちゃんは早く、おじいちゃんに会いに行きたいんやて。咲希ちゃんも大人になればわかるよ』

『でも死んじゃダメなの。絶対にしゅじいになってぜんぶの病気を治すもん！』

『そうかいそうかい。じゃあ長生きしなきゃね。ありがとう、咲希ちゃん』

　目が覚めると夢は一瞬で消え去った。

　白い天井では蛍光灯がまぶしく光っている。

「ここは……」

つぶやいたとたん、「咲希！」とすぐそばで声がした。顔を向けると、ベッドのわきから身を乗り出しているのは、亜弥だった。

「亜弥……？」

どうしてここにいるの？　ここってどこだっけ……。亜弥ったらまるで幽霊でも見たような顔をして、どうしたんだろう。

「どうして亜弥が……。ここって──」

身体を起こした瞬間、ぶわっと全身の毛が一気に逆立つような感覚に襲われた。同時に、脳裏で苦い記憶が一気に再生されはじめる。

駆けていく奏太、響く音、揺れる地面、たくさんの人たち、転がった鉄パイプ。

「あ……」

目をつむっても洪水のようにあふれる記憶、場面、声たち。

「咲希、大丈夫？　しっかりして」

亜弥がベッドに腰をおろして肩を抱いてくれるけれど、その感覚もわからない。

あの時……奏太が倒れていて、血が……。そうだ、血が！

「奏くんは？　奏くんはどこにいるの!?」

救急車がひどく遅れて到着した。乗ったとたん、消毒液と血のにおいがした。

真っ青な奏太の顔。『出血が止まらない』と救急隊員の緊迫した声。画面にいくつも表示されている数字。あれが夢？　これが夢？

わからないわからないわからないワカラナイ。

亜弥にすがるけれど、じっとなにか考えるように黙っているだけ。

やがて、

「事故があったの」

亜弥は静かな声で言った。

「事故……」

「マンション建設の工事現場で足場が崩れたんだって。奏太さんのおじいさんも到着したんだよ」

「え、待って……。嘘、嘘だよそんなこと」

自分から聞いておきながら状況が整理できていない。

「咲希は気を失ってここに運ばれたの」

信じられない。奏太が大変なときに気を失っていたなんて！

ベッドからおりようとする私の腕を亜弥が引っ張った。

「寝てなくちゃダメだってば」

「やだ、離して。離してよ！」

早く奏太に会いたい。奏太が事故に遭ったなんて信じられないよ。

「咲希、落ち着いて」

「ねえ、嘘だよね!? こんなこと、こんなことっ……！」

なにも答えない亜弥から視線を逸らし、必死で自分に『嘘』だと言い聞かせる。

「だって、奏くんは私のためにジュースを買いにいって……。ああ、私があのとき話を止めなかったら――」

私のせいだ……。なにか言いかけた奏太をはぐらかしたから彼はその場を去った。

奏太が事故に遭ったのは、ぜんぶ私のせいなんだ。

「咲希！」

大きな声を出して亜弥が私の両肩をグイとつかんだ。潤む大きな瞳が私をまっすぐに見つめていた。

「聞いて。咲希は、奏太さんをちゃんと病院へ送った。救命病棟にあるＩＣＵに入るのを見届けてから倒れたの」

「でも、そのあとは？ 奏くんはどこ、どこにいるの!?」

強い力で抑えられていて動けない。

「家族以外はＩＣＵに入れないんだって」

「え……」

「もう何時間も手術してる」

「手術……。そんなにひどい、の？」

聞かなくても答えはわかっている。最後まで奏太の出血は止まらなかったし、血圧は下がる一方で脈拍はどんどん上がっていた。窓からの景色はすでに暗く、あれからずいぶん時間が経ったことを示している。

全速力で走ったあとみたいに、自分の息遣いがリアルに聞こえている。

「ね……。亜弥はどうしてここに？」

「倫くんが電話くれたの」

「倫が？」

「事故のこと、おじいさんから連絡があって駆けつけたんだって。『咲希ちゃんが起きたらパニックになるから来てほしい』って。目が覚めたこと連絡しておくね」

そうだったんだ……。

頭の奥にあるしびれが痛みに変換されていくみたい。どうしてこんなことになったのだろう。おばあちゃんが亡くなったばかりで、まだ悲しみも癒えていないのに。

——もし、奏太まで失ったら。

考えるだけでめまいに襲われそう。怖い、怖いよ。掛け布団を握りしめている手がおかしいほど震えている。

お願いだから、私を置いて行かないで、逝かないで。

そうだよ、これは夢だ。夢に決まっている。だったら早く目覚めて。こんな悪夢、耐えられないよ！

「咲希」

声に顔をあげると、亜弥がスマホを手渡してきた。見ると、画面に『倫くん』の文字があった。亜弥が電話をかけたのだろう。

「代わって、って」

「あ、うん。……もしもし、倫？」

スマホがいつもより重く感じた。耳に当てると、もう倫は泣いていた。

『咲希ちゃん。ごめん、ごめんねぇ』

「倫……」

『ボクが余計なことしたから、ふたりで行くようにしたからっ！』

「そんな……」

そんなことないよ、と言ってあげたかった。なのに、言葉が出てこない。

もしも倫と三人だったなら、もしも映画を観なかったなら。もしも、奏太の言葉を止めなかったなら。いくつもの『もしも』は、二度と取り返すことができない。必死で身体に力を入れないと、奥歯がガチガチと震えそう。

「倫、今……どこにいるの？」

無理やり絞り出した質問に、倫は『ごめん』と繰り返した。

『奏にいちゃんになにかあったら、ボク死ぬから。死んでお詫《わ》びするから』

「……なに、言って……るのよ」

『ボクのせいで、奏にいちゃんが死んじゃうかもしれない。そんなひどいことしておいて、生きていくなんてできないよ』

頭のなかがぐるぐる回って今にもベッドに倒れてしまいそう。うまく息が吸えない。

亜弥が心配そうに私を見つめている。

「やめて、倫。そんなこと奏くんは望んでいないでしょう。今はそれより、みんなで回復を祈らなきゃ」

スマホを口に寄せて必死で言っても、もう倫の泣き声が響くだけ。

「お願いだからここに来て。私もどうしていいのかわからないの」

『……もう一度病院になんて行けないよ。ボク、そんな勇気ないよ』

スマホ越しに、倫がいつも座っているゲームチェアのギイという音が聞こえた。

きっと、恐怖に耐えかねて家に戻ったのだろう。

「わかった……。なにかあったら知らせるから」

『うん。ごめんなさい。ごめんなさい』

最後まで倫は謝り続け、通話は切られた。

どうすればいいのだろう。これからいったいどうなるのだろう。だらんと下がった手にあったスマホを亜弥が受け取ってくれた。

「倫くん、なんて？」

「あ、うん……」

しびれた頭ではなにも考えられない。こめかみに手を当ててじっとしている間、亜弥は辛抱強く待っていてくれた。

ふいにノックの音がしたと思うと、個室のドアが開いた。

入ってきたのは――。

「伊吹じい……？」

最初は本人だとわからなかった。いつも元気な伊吹じいの顔は青ざめ、目は真っ赤になっている。

ベッドから立ちあがる私を亜弥が支えてくれた。伊吹じいは太い腕で涙を拭うと床に目を落とした。

「咲希ちゃん……」

弱弱しい声に悪い予感が部屋を浸していく。身体から温度が失われるみたいに寒い。

「言わなくちゃいけないことがある」

やめて、聞きたくないよ。

「実は、奏太が――」

お願い。言わないで、言わないで。

「亡くなったんだ」

――息が、吸えない。


車を降りたとき、頬をなでる風にふと我に返った気がした。

ああ……家に戻ってきたんだ。どこか他人ごとで、まだ夢は醒《さ》めないまま。

後部座席で隣に乗っていた亜弥が、

「大丈夫？　一緒にいるよ」

と言ってくれた。運転席の窓を開けた亜弥のお母さんも悲しい顔をしている。

「……まずは倫に伝えないと。あの……送ってくださりありがとうございました」

不思議なほどしっかり言えたと思う。

「それに亜弥は明日、管楽コンテストでしょ。応援行けなくてごめんね」

「いいよ、そんなのどうだっていいよ！」

ずっと亜弥は泣いていて、私は泣けなくて。

まだ頭がぼーっとしているなか、なんとか車を見送ることができた。

車が走り去ってしまえば、もう誰もいない。もう、奏太はいない。おばあちゃんもいない。みんな私を置いていなくなってしまった。

この間まで続いていた平凡な日常が、今ではこんなに愛しくてたまらない。

真っ暗な世界のなかで、カエルの鳴く声が幾重にもこだまのように響いている。時間を忘れたセミの声も遠くで聞こえる。

導かれるように歩きだす。……歩きだす、ってどこへ？

そう、家だ。倫に会わないといけない。伝えなくちゃいけない。

大切な人がまた、亡くなったことを。

そこまで考えて、足が止まった。

――こんなことが本当に起きるの？

家の門が見えるなか、すっと背筋が凍るような感覚が生まれる。

「倫……」

倫になんて言えばいいの？　責任を感じているのは私も同じ。

もしも奏太の死を告げたなら、きっと倫はパニックになってしまう。

はあはあ、と息が荒くなりその場にしゃがみこんだ。どうしよう……。

急にあたりが明るくなった。顔をあげると雲間から大きな月が顔を出していた。

「奏くん……」

いったいなにが起きているの？　どうしてこんなことになったの？

足音が聞こえて顔をあげると、サンダル履きのままお母さんが駆けてきた。

「咲希っ」

「お母さん……」

口にしたとたん、ダメだった。

両手を広げるお母さんに抱き着くと、一気に涙があふれた。いろんな感情が混じり合い、砕けてさらに大きくなっていく。

「お母さん、お母さんどうしよう。どうすればいいの」

お母さんはギュッと抱きしめたまま黙っていてくれた。

どんなに泣いても、失った人は戻ってきてくれない。さよならも言わず、私のせいで永遠にいなくなってしまった。

「奏太くん、まさか……そうなの？」

倫に聞こえないように声を押し殺し何度もうなずく。

「そう」とお母さんはくぐもった嗚咽《おえつ》を漏らした。

「咲希、つらいよね」

「どうすればいいの。ねえ、どうしてみんな私の前からいなくなっちゃうの？」

ずっとそばにいたかった。奏太と一緒にいたかった。

好きな気持ちを隠せばずっとそばにいられると思っていたのに、違ったの？

「お母さんがそばにいるから。だから、咲希は思いっきり悲しんでいいからね」

身体を離すとお母さんは私の手をぎゅっと握ってくれた。

なにも見えない。なにも聞こえない。涙でゆがんだ世界は、真っ暗で無音が存在しているだけ。

奏太とおばあちゃんがいない毎日を、私は歩いていけるの？

無理だよ、そんなことできない。どんなにがんばったって、こんな現実、受け止められないよ……。嗚咽を漏らす私にお母さんは迷ったように口を開いた。

「あのね、咲希。お母さんもね、昔、つらい別れを経験したことがあるの」

「……………」

きっと慰めようとして言ってくれている。わかってる。でも、今はなにも頭に入らないよ。

「そのとき思ったの。悲しい別れがあるなら、前もって誰かが教えてくれればいいのに、って。そうしたら別れる準備もできるのに」

ふと、なにかが頭をよぎった。

「前もって……誰かが教えてくれる？」

「例えばの話よ」

悲し気に目を伏せたお母さんを見つめながら、また頭のなかで記憶の再生がはじまった。

そうだ……予告はあったのかもしれない。

「じゃあ、帰ろうか？」

お母さんの問いかけに、つないでいた手を離した。洟《はな》をすすってから息を吐いた。

「お母さん、お願いがあるの」

「ん？」

「ちょっとおばあちゃんの家に行ってくる。私が戻るまで、倫には奏くんのことを言わないでほしい」

「どうして？　伊吹さんに電話もしなくちゃいけないし、倫だって気にしてるのよ」

暗闇のなかでお母さんが戸惑った表情を浮かべた。

「あの子、すごく責任を感じている。中学の時にパニックになったの覚えてるよね？」

もちろん覚えているのだろう。お母さんは苦し気に息を吐いた。

あの頃のことを考えると倫はよく立ち直ったと思う。

「倫には、あとで私からちゃんと伝えるから。お母さんは先に帰ってて」

「ダメよ。最近物騒な事件も起きてるんだし――」

「大丈夫だから。お願いだから絶対に倫には言わないで。なんとかするからっ！」

言うと同時に走り出す。

絶望しかない今日、考えていることがもしも本当なら、私がやるべきことはひとつしかない。

魔法はひょっとしたらあるのかもしれない。

おばあちゃんの家に入ると、電気もつけずにラジオの前に座った。全速力で走ったから息が切れている。

呼吸の速さにさえ、自分が生きていることを知り罪悪感が重なる気がした。

それどころじゃない、と自分に言い聞かせ、小さな窓から差しこむ月あかりを頼りにテレビボードの前に進む。暗闇のなかラジオの電源を探しながら、思い出すのはここで眠ってしまった日の出来事。

ラジオからおばあちゃんの声が流れた気がしたけれど、てっきり夢だと思いこんでいた。

『……咲希ちゃん』『聞こ……。ねえ……ちゃん』『土曜日……から、奏太……町……だに』

ノイズの合間に聞こえた言葉を探る。

もしあれが、おばあちゃんが私に伝えたかったメッセージならば……。

『咲希ちゃん、聞こえる、ねえ咲希ちゃん。土曜日、事故が起きるから、奏太と町に行ってはダメだに』

おばあちゃんは『ラジオの力を信じろ』と言っていた。もし、亡くなったおばあちゃんが事故を予言していたとしたら――。

「おばあちゃん。お願い、もう一度声を聴かせて」

私はあの日、最後の電話でおばあちゃんと約束をした。『ラジオの力を信じる』って。だとしたら、このラジオがなんとかしてくれるかもしれない。

必死でチューニングを合わせるけれど、雑音が聞こえるだけ。おばあちゃんの声はおろか、ラジオ番組の音すらしない。

何度も合わせているうちに、あきらめの気持ちがわずかな希望を塗りつぶしていくようだ。

「お願いだから……。おばあちゃん」

両手を絨毯の上に置き、ため息をつく。

私、なにをしているんだろう。そんな非現実的なことが起きるはずがないのに本気で期待してしまっていた。夢と現実を混同してしまうほど、おかしくなっているのかも……。

そして、また涙。

四十九日も終わっていないのに、奏太までいなくなってしまった。これが恋心を持ってしまった罰だとしたら、私の命を奪えばいいのに。

ザーと続くノイズが雨の音みたいに部屋を浸している。

ラジオの力を信じたい。

「おばあちゃん、お願い助けてよ……」

くしゃくしゃに顔もそのままにつぶやいた時だった。

『ジジジジ……ここ、うるさいな』

ふいに声が聞こえ、顔をあげた。これは……奏太の声だ。

振り返るけれど家のなかに彼の姿は見えない。

『へんなこと……ジジジジジ……聞いてくれる？』

ラジオの両端にある大きなスピーカーからしているのは、私の声？

「嘘……」

これは、事故の直前、奏太と話をしていたときの会話だ。録音？　ううん、そんなことありえない。うしろで工事現場の機材の音もしている。

スピーカーに耳を寄せた瞬間、

『もちろん』

奏太の声がした。声だけなのに笑った顔がパッと浮かんだ。

「奏くん！」

呼びかけても返事はない。私の声は届いていないの？

「奏くん聞こえる？　私、咲希だよ！」

『ジジ……いなくなってから、自分が……ジジッ……』

自分の声がノイズに紛れる。これは、やっぱりあのときの会話だ。まるですぐそばにいるようにリアルに聞こえている。

「嘘でしょう……」

疑いを持つ自分を戒める。おばあちゃんは、『ラジオの力を信じろ』と言っていた。もしも、これが実際に今、おこなわれているやり取りなら奏太はまだ生きているってことだ。ラジオのなかの時間は今日の昼間。

もしも、ここへ行くことができれば……。ううん、もしもじゃない。絶対に行きたい。

今日の出来事を変えられるなら、どんな力だって信じるよ。

「お願い、奏くん聞いて！　おばあちゃん、奏くんを行かせないで！」

『ジジ……俺がいつ言い……ジジジ』

ああ、やっぱり奏太の声だ。

「奏くん、ダメ！　そこから逃げて‼」

必死で叫ぶけれど、

『……ジジジジジ……帰ろっか。その前に……ジジジジジジ』

どんどんノイズが大きくなっている。

「あ……ダメ！」

この会話のあと、奏太は飲み物を買いに走っていってしまったんだ。

お願い、私をそこへ行かせて。

どうか奏太を連れていかないで‼

「お願いだからっ！」

大声で叫ぶと同時に、ぐわん、と世界が揺れた気がした。小窓から見えている月がいびつな形にゆがみだしている。

「え……」

窓が、家具がラジオが、ぐにゃりと曲がりながら夜に溶けるように消えていく。

やがて真っ暗な世界になると同時に、風が私の身体にぶつかった。やけに暖かい……いや、熱いほどの風に、いつの間にか目を閉じていたことを知る。

そっと目を開くと、まぶしい日差しが一気に飛びこんできた。思わず身体を固くするのと、吐き気を覚えたのは同時だった。

しゃがみこんでいたはずなのに、私はベンチに座っていた。奏太が身体の向きを変えるのがスローモーションで見えた。

これは……夢？

腕時計は午後二時三十分を指している。商店街のベンチ、座った感触、肌にまとわりつく空気、駆けだす奏太。

次の瞬間、

「奏くんっ！」

私は大きな声で叫んでいた。

「うわっ」

ビクンと身体を揺らした奏太が足を止め、振り返った。

「んだよ。こんな近くで大きな声出すなよ」

苦笑いの奏太を見ると同時に、一気に涙があふれる。

ああ、奏太だ……。もう会えないと思っていた彼がまだ生きている。目を見開いた奏太が戸惑いながら顔を覗きこんだ。

「……え、マジ？　泣いてるの？」

彼の声も表情もすべてリアルだった。

「泣いて……ない」

「泣いてるよ。俺、なんか言ったっけ?」

「違う。違うよ」

ああ、これが夢なら覚めないで。どうかこのまま、あの事故を回避させてください。

「とりま、行ってくるわ」

「ダメ!」

また大きな声を出す自分の口を押えた。指先がすぐに涙で濡れた。

「あ、ごめんなさい。あの……ダメなの」

「どうしたんだよ。めっちゃうまいジュースがあって――」

シャツの裾をギュッとつかんだ。絶対に行かせない。実際にやり直すことができているなら、戸惑うよりも先にやるべきことをしないと。

まだ吐き気は残っているけれど、必死で願いを言葉にする。

「お願いだから、ここにいて」

「いったいどうしたんだよ。具合いでも悪い?」

「違うの。ラジオの力で……」

「ラジオ?　時ばあの?」

要領を得ない私に奏太はやさしく尋ねるので、反対に口をつぐんだ。こんな話、うまく奏太に説明できないよ。それに、理由を話してしまったら、魔法が解けてしまうような不安もあった。

「とにかく……ここにいて。ちゃんとあとで説明するから」

「なんだよ、それ」

そう言いながらも奏太は隣に座ってくれた。

「あの、ね。奏くん……さっき言いかけたことを教えてほしいの」

あの時、奏太はなにか言おうとしていた。私が話を聞いていれば、奏太は事故に巻きこまれずに済んだんだ。

奏太は涙を浮かべる私をじっと見てから、「ああ」とアスファルトに視線を落とした。

「俺の両親、事故で亡くなっただろ?」

ひとりごとのように小さなつぶやきだった。

「俺は幼くて、なんにも覚えてなくて、気づいたらじいちゃんと暮らしていた。でもさ、たまに浮かぶ映像があるんだよ。父さんに肩車をしてもらったこととか、母さんが俺を呼んでいる姿とか」

「うん」

無意識だろう、奏太は自分の手をぎゅっと握りしめていた。

「そういう思い出を大切にしたい、って……そう思うんだよ。だから、うまく言えないけど、咲希も忘れないでいいんだよ」

ああ、と涙があふれた。奏太のやさしさ、そして抱えている悲しみに涙が止まらない。

ふいに、ガシャンというすごい音とともに地面が揺れた。

「うわ！」

奏太が声をあげた。今日もあのとき、ここでこの音を聞いたんだ……。もうもうと煙るなか、悲鳴や怒号が届く。

「事故だ……」

つぶやく奏太の隣で私もうなずく。

知ってるよ。

この瞬間から地獄が始まったのだから。

倫は私の顔を見たとたん、力が抜けたみたいに部屋の前でしゃがみこんだ。

「よかったー。駅前で事故があったってニュースを今見たところだったんだよ」

「あ、うん」

時間は夕方の四時を過ぎたところ。あのあと、『事故現場を見たい』という奏太を説得し、冷凍餃子だけ買って帰ってきた。

すぐに家に戻り倫の部屋に来たところだ。

「何度も電話したんだからね。でも、咲希ちゃんが無事ならほんとよかった」

「うん、大丈夫だよ」

「マンションの建設現場が崩れたんだってさ。南口のところだよね」

私を見あげる倫はいつもと変わりない。

ようやく安堵《あんど》のため息がこぼれた。よかった……。

「お姉ちゃんたち、あの近くにいたの？」

あどけない倫の問いかけに、そもそもの元凶が彼だったと思い出す。

「そんなことより、今日は三人で遊ぼうって約束してなかった？　勝手に約束を破るなんてひどいよ」

文句を言う私に倫は心外そうに眉をひそめた。

「それって逆に感謝すべきだと思うよ。ボクのおかげでデートできたんだからさ」

そのせいで大変なことになったと倫に話しても、きっと信じてくれないだろうな。

私だってまだ実感がない。

「とにかくもう二度と三人で遊ぶ約束なんてしないから」

倫が不満げに声をあげるのを無視して階段をおりる。気持ち悪さがまだ残っているのは、時間を越えたことによる副作用なのかもしれない。

夜から昼へ六時間くらいさかのぼったことになる。ずっと起きているせいか、それとも安心したせいか眠くてたまらない。

ソファに腰をおろし久しぶりにテレビをつけた。ワイドショーをやってはいるけれど、さっきの事故のニュースはやっていないみたい。スマホで地域ニュースのアプリを開いた。

上から三つ目、すぐにあの商店街入口と思われる写真が目に入った。

『マンションの足場崩壊事故　浜松駅南口商店街』という見出しをクリックした『七月十日十五時ごろ、静岡《しずおか》県浜松市の浜松駅南口商店街『サザンクロス』入口で、マンション建設に使用していた足場が落下。下段を巻き込んで足場が崩壊し、現場は騒然となった。この事故で、作業員一名が足に軽い怪我を負った。』

「あ……」

最後の文章が目に入る。作業員が軽い怪我、と書いてある個所を繰り返し見た。奏太の代わりに誰か身代わりになっていたら、という不安がずっとあった。軽い怪我なら命に別状はないだろう。

その下には、また今日もこの町で二件の泥棒被害があったと書いてあった。

ごろんとソファに横になる。おばあちゃんの家にいたときは夜だったのに、今は夕方。

「こんな不思議なことってあるんだ……」

夢を見ている可能性はまだ否定できない。おばあちゃんと奏太を立て続けに失った私が見ている幻なら、このまま醒めてほしくない。

両手を目の前にあげ、握ったり閉じたりしてみる。大丈夫、ちゃんと感覚がある。

おばあちゃんが言っていたラジオの力は本当にあったんだ……。

私は奏太の死の運命を回避できた、そういうこと？

疑う気持ちを必死ではがしては捨てる。この魔法だけは絶対に解きたくない。もしも夢のなかの出来事なら、永遠にさまよっていたい。

これ以上誰かがいなくなることは耐えられないから。

真壁先生に会ったら聞いてみようかな。前に会ったとき、ラジオのことを質問されたはず。ひょっとしたらなにか知っているのかもしれない。

「ただいま」

玄関の開く音がしてお母さんが帰ってきた。

「おかえりなさい。今日は早いね」

横になったまま声をかけると、足音が近づいてきた。驚いた顔をしたお母さんが私の顔をじっと見つめている。

「ねえ、倫は二階にいる？」

「うん」

そう答えると同時にお母さんはホッとした顔になった。

「ならよかった。なんだか嫌な予感がしてね、早退させてもらったのよ」

お母さんは昔から勘が鋭いところがある。おばあちゃんが亡くなった日も、仕事中に具合が悪くなり医務室で寝ていたらしい。

奏太のことを知っているわけもないけれど、なにかアンテナが反応したのかも。

「なんにもないよ」

「そう。じゃあ、おばあちゃんかも」

ドキッとしてからすぐに思い当たる。お母さんの母親のほうのおばあちゃんのことだろう。夫婦で市内に住んでいる。市内といっても車で一時間はかかる山間に住んでいるから、たまにしか会えないけれど、私は『蛍《ほたる》ちゃん』と名前で呼んで慕っている。おじいちゃんは穏やかな人でいつもニコニコしている。

電話でふたりの無事を確認すると、今度こそ安心したようにお母さんは私の隣に身体を沈めた。

「ああよかった。ほんと、こういうのって疲れるわ」

「虫の知らせってやつ？」

「でしょうね。いてもたってもいられなくなるけれど、そのぶん体調も悪くなるのよ。咲希に何度も電話したけど出ないんだもん」

不満げに唇を尖らせるお母さんに、「え」と目を丸くする。

電話なんてなかったと思うけど……。そういえば、倫もさっき同じことを言っていた。スマホを確認するとたしかに不在着信が入っていた。

「あ……そっか」

奏太が亡くなる未来のときはたしかに不在着信はなかった。ということは、私が時間を越えたことでお母さんたちの行動が変わったってことだ。

事故のときの作業員もそうだ。奏太が亡くなる未来では、ほかに怪我人はいなかったはず。

私の行動でほかの人の運命が変わっている。その事実に、知らずに胸を押さえていた。

「どうかしたの？」

不思議そうに尋ねるお母さんに首を横に振る。

「なんでもない。それより会社を早退してよかったの？」

「いいのよ。お母さんにとっては家族がいちばん大事なんだもん。私の虫の知らせって少し遅すぎることがあるから、それをなんとかしたいけどね」

「うん」

身体を起こしながら思い出す。そうだ、お母さんのおかげでラジオの力のことを思い出せたんだった。

「お母さんも『悲しい別れを経験した』って言ってたよね？　それってどんな別れだったの？」

「え、私そんなこと言った？」

きょとんとするお母さんに、しまったと口を閉じた。あれは、奏太が亡くなって落ちこむ私に言ってくれた言葉だ。

「あ、違う人の話だ。間違えちゃった」

ごまかす私にお母さんは「あっ」となにか思い出したように立ちあがった。

「慌てて帰ってきたからスーパーに行くのを忘れちゃった。急いで行ってくる」

「私も一緒に行く」

「珍しい。いつもそんなこと言わないのに」

たしかにこんなこと一度たりとも言ったことなかった。でも、今日はお母さんと一緒にいたい気分だった。

「お母さんひとりじゃ心配だから。ほら、今日も泥棒が出たんだって」

「また？　まあ、うちは金目のものがないから安心だけどね」

外に出ると夕暮れの町が夜に塗り替えられていた。このあたりに唯一あるスーパーの照明が坂の下で光っている。

不思議な一日だった。歩いている足元に感じるアスファルトに、頬をなでる風に、自分が生きていることを実感する。

おばあちゃん、ありがとう。もしも奏太が死んでしまっていたなら、今ごろ私は絶望のなかでうずくまっていたと思う。おばあちゃんが、あの不思議なラジオのことを教えてくれて本当によかった。

そういえば、と思い出す。ラジオのことを教えてくれたとき、おばあちゃんは『相手の声を聞くだけにして、ほかのことに使ってはいけない』みたいなことを言っていたっけ。それなら私がしたことは『ほかのこと』に当てはまってしまうだろう。

「しょうがなかった」と小さくつぶやいた。時間を巻き戻さないと奏太の事故を防げなかったのだから。

奏太はあれからちゃんと家に戻ったのかな。あとで連絡してみたいけれど、片想いがバレるのだけは避けたいし……。

一日二十四時間のうち、おばあちゃんと奏太のことばかり考えている。

「ああ、いけない。財布置いてきちゃった」

お母さんが足を止めた。

「私のスマホ使えばいいよ。あのスーパーもついに電子決済をはじめたんだって」

「ごめんねぇ」

「お母さんの忘れっぽさにはとっくに慣れてるから平気」

両手を合わせるお母さんはかわいい。なんでも昔は、茉奈果という名前から『まんなかまなか』というあだ名だったらしい。身長も体重も成績もすべて平均点。それって逆にすごいことだと思うけどな。

私は平均点を取れる教科もあれば、下回るのもある。ああ、明日も期末テストだった。すっかり忘れていたけれど、気にならない。

奏太を失う未来を回避できたなら、どんなことだってたいしたことじゃない。

見あげると、一番星がいつもより大きく見えた。


テスト最終日はいつも気が抜ける。

終わってから気を抜けばいいものを、テスト開始前にはエンジンが止まる感覚。だから最終日の教科はたいてい平均点を下回る。

スタミナが足りないのか、ラストスパートができないのか。悩んでも仕方ないし、あとは返却を待って夏休みを楽しむだけ。

「じゃあね、咲希」

クラスメイトの声に「またねー」と手を振った。亜弥は夏休み中におこなわれる定期演奏会の打ち合わせに行ってしまった。

あれから数日が経っても、奏太の事故はなかったことになっている。こんなに長い夢を見ることはないだろうし、最近では事故に遭ったことのほうが夢だったように感じている。

亜弥には軽く話をしてみたけれど、全然信じていない様子だった。

『じゃあ、孝弘くんとケンカする前に戻ることもできるの？』なんて、言ってたっけ。

そうだろうな、と思う。私だって人から聞かされたら疑ってしまうだろうから。

結局、亜弥には『夢のなかの話』ということにしておいたわけで……。

廊下に出ると冷房が弱いせいかムッとした熱がこもっていた。夏はこんなところにも顔を出している。

昇降口とは違う方向へ進む。

真壁先生には今朝、時間をとってもらうようにお願いをしておいた。物理学が本業の真壁先生なら、私に起きた不思議な出来事について説明してもらえるはず。

それに前回の様子から、真壁先生はなにか知っていると思われた。

物理準備室のドアをノックしてなかに入ると、いつものように真壁先生はパソコンに向かっていた。ボサボサの髪に黒縁メガネ、しわだらけの白衣にももう慣れた。

私に気づくと先生はテーブルに移動し、向かい側の席をアゴを動かして示した。そこに座れ、ということだろう。座ると同時に真壁先生は椅子ごと私に向いた。

どんなときでもパソコンから目を離さない先生にしては珍しいと思った。

「で？」と愛想なく尋ねられる。これはいつものことだ。

こちらは丁寧なお辞儀で返すことにした。

「いろいろありがとうございました。ようやく落ち着きました」

「落ち着いたフリができるようになっただけだろ」

そっけないことこの上ない。なんで人の神経を逆なでするようなことを言うのだろう。真壁先生は他者との接点を自らつぶす天才。委員会がなければ私だって関わりたくないタイプの先生だ。

長すぎる髪に分厚いレンズで顔を隠し、不潔そうな白衣に身を包んでいる。でも、おばあちゃんが大変なときに車で送ってくれたりもした。真壁先生が送ってくれなければ、おばあちゃんの命が消えるのを見送ることもできなかった。

「落ち着いたフリじゃありません。少しずつ、受け入れることができたんです」

ムッとする感情を隠して答える私に、真壁先生ははじめて耳にする国の言葉を聞いたようにぽかんと口を開いた。

「受け入れる？　それって死んだ人のことを忘れるってことだろ」

「違います」

「同じだよ。思い出を胸にしまい、その人抜きの人生を歩いていくってことは、やわらかい言葉で言い換えてるだけで、結局は忘れることだ」

「全然違います」

今度は少し力をこめ、否定する。

「先生ってほんと、物理の先生って感じですよね。おばあちゃん……祖母のことは忘れません。でも、悲しんでばかりいたら祖母も悲しいと思う」

「それは人間の傲慢《ごうまん》な考えだ。死者にそんな感情はない。あと、無理して『祖母』なんて他人行儀に言わなくてもいい」

どうしてこうも否定するのだろう。ふう、と肩の力を抜くと、すぐにおばあちゃんの顔が浮かんだ。同時に、お母さんやお父さん、倫、亜弥や奏太の顔が浮かんだ。どれもぜんぶ曇った表情で私を見ている。

「仮に先生の話が真実だとしても、うつむいてばかりいたら周りの人が悲しむと思うんです。自分のためだけじゃなく、私を心配してくれている人のために元気になりたい。今はぎこちなくてもいつかちゃんと笑えるようになることは、おばあちゃんを忘れないからこそできることだと思うんです」

一気に言ってから水筒のお茶を飲む。どうせこのあと、真壁先生の反撃タイムに突入するのだろう。

が、真壁先生は軽く首を横に振り、視線をテーブルの上にゆっくり落とした。

「……そっか。加藤はえらいな」

「え？　先生、今私のこと褒《ほ》めました？」

「うるさい。こんな感情論の討議はもういい。それより今日こそ、あの話をしてくれるんだろう？　そのためにわざわざ時間をとってやったんだ」

横柄《おうへい》な言いかたとは反対に、どこか自信なさげに見えた。

真壁先生は前回、ラジオの力について知りたがっていた。私が落ち着いたら話をする約束もしている。

現実主義の代表的存在の真壁先生が、私の体験した不思議な出来事を信じてくれるとは思えない。それでも、誰にも話せない今、ラジオについて知っていそうなのは彼だけだ。

「昔からおばあちゃんの家のリビングに、大きくて古いラジオがあったんです」

部屋の空気が変わった気がした。真壁先生が姿勢を正したこと以外、なにも変わりはないのに緊張感が侵食してくる気がした。

「続けて」

口をつぐむ私に、真壁先生が静かに言う。

「え、あの……」

「俺のことはいないものと思って、あったことをぜんぶ漏らさずに話してほしい」

「それが、先生に怒られちゃうかもしれないほど不思議な話で……。夢かもしれないんです」

「大丈夫」

テーブルに両手を置き、身を乗り出す真壁先生。なんだか彼らしくない仕草に余計に緊張してしまう。自分でも気づいたのか、真壁先生はひとつ息を吐いた。

「さっきは余計なことを言って悪かった。もうあんな否定するようなことは言わないから、ラジオについて話してほしい。どうか、頼むよ」

どうしたんだろう……。頭を軽く下げて目を閉じた真壁先生に「はい」と答えた。

「おばあちゃんは『このラジオには不思議な力がある』と言っていました。最後の電話のときもそうでした。その意味がわからなかったけれど、もう詳しく聞くこともできません。でも、先週……わかったんです」

奏太の事故について話をするとき、かすかに声が震えるのがわかった。もしも、この魔法が解けてしまったらどうしよう。

おばあちゃんだけでなく、奏太までいない世界に再び放り出されたら……。だけど、不思議な出来事の答えがほしい。

口にすれば、あれがやっぱり現実のことだったとわかる。そして、ラジオを使って時間を越えたことも、現実の出来事だ。

真壁先生は、ラジオから奏太の声が聞こえたという場面で一瞬目を見開いたけれど、黙って最後まで話を聞いてくれた。

すべて話し終わると、額に汗がにじんでいた。真壁先生は黙って何度かうなずいてから「ありがとう」と言った。

真壁先生が私になにか頼んだり、礼を言うのははじめてのこと。信じてくれたのかな……。

不安な気持ちを押しこみながら、今度は私が姿勢を正した。

「自分でも頭がおかしくなったとか、夢を見たとかいろいろ考えました。でも、これは実際に起きたことなんです。真壁先生なら、なにかわかるんじゃないかと思って今日は聞きにきました」

「賢明な判断だ。ほかには誰も知らないんだな？」

「おばあちゃんが、伊吹じいや奏くんに、ラジオの話をしたことはないと思います。もし言ったとしても信用してくれないと思う」

「だろうな」

真壁先生が音もなく立ちあがった。アゴの先を右手でつまむような姿勢でしばらく考えこんでいたが、やがて「まずいな」とつぶやいた。

「加藤は、物理とか化学は苦手だよな」

「はい」

「じゃあ、簡単に説明するから聞いてくれ」

ギイと音を立て、椅子に座りなおした真壁先生から、さっきまでの緊張感は消えていた。

「ラジオの力は本物だろう。実際に加藤は、死んだはずの奏一《そういち》の声を聞いたんだ」

「奏太、です」

訂正する私を無視し、真壁先生は机の上に白いコピー用紙を置き、真んなかあたりにペンで縦線を引いた。彼らしいまっすぐな直線の上にラジオと思われるイラストを描く。

「古いラジオには、死者の声を伝える力が宿ると言われている。それは生きている人へのメッセージだったり、大切な人との過去や未来の音声だったりする」

線を引いた右側に『過去』、左に『未来』と記す真壁先生に、やはり最初の夜に聞いたのはおばあちゃんの声だったと知る。同時に、自分で説明しておきながら、あまりにも非現実的すぎて理解が追いつかない感覚もあった。

「じゃあ、おばあちゃんが私に危険を知らせてくれたんですか？」

「最初はそうだろうな。おばあさんが加藤に事故を教えようとした。しかし、加藤は理解できず、その事故は起きてしまった」

真壁先生の説明が本当のことならば、おばあちゃんは奏太の事故について教えてくれていた。あのときに回避できるチャンスはあったんだ。

「ラジオは一方通行の放送だ。しかし、事故により奏太の死を目の当たりにした加藤はラジオの力を信じ、時間が戻るように願った。だから、過去に戻れたんだろう」

「やっぱり時間が戻ったってことですよね。でもタイムリープって、パラレルワールド問題がありますよね？　事故の直前に戻ったにしても、その時間には別の私がいるはずだと思うんです」

私が過去に戻ったとしたら、元々いた世界では私が行方不明になってしまう。逆に過去に戻ったときには、そこに本物の私がいるってことになる。

気づくと今度は私が身を乗り出していた。興奮すると同じような行動をとるみたいでなんだか恥ずかしい。

気にした様子もなく真壁先生は首をひねった。

「上書きだろうな」

「上書き？」

「ああ」と軽くうなずいて真壁先生は指先でラジオをさした。

「事故直前の自分まで時間を巻き戻し、やり直したんだ。それ以降の時間軸はすべてリセットされるんだと思う」

「じゃあ……なかったことに？」

真壁先生は『未来』と書かれた文字の最後に『2』の文字を加えた。

「これによって世界全体が時間をやり直しているんだよ」

「私と一緒に、ほかの人たち……世界中の人の時間も戻ったということですか？」

「そうなるな。もちろん記憶はリセットされているから、よほど勘のよい人じゃないと気づかない。加藤も感じたことがないか？『今日はやけに時間が早く過ぎる』とか逆に『長く感じる』。ほかにも『たくさん寝たのに身体がだるい』とか」

言われてみればそういう日がないこともない。

「デジャヴもそうだ。はじめて行った場所なのになつかしさを感じたり、来たことがあるような気がしたりするのも、実は二回目の来訪だった可能性がある。既視感があるわけだよな」

「そういう感覚、これまでに何度かありました」

不思議だった。物理の真壁先生に相談すれば、あっさり予想を却下されると同時に新しい現実的な回答が得られると思っていた。

なのに、真壁先生はさらに詳しく説明してくれている。

「先生は、前にラジオの話をしたときに興味津々でしたよね。なにか、知っているんですか？」

「まあな」

「ラジオを使ったことがあるんですか？」

もしそうなら、どんなふうに使ったんだろう？

それに、あの不思議な力を持つラジオはこの世界にいくつくらいあるのだろう？

ふいに、チャイムの音が私たちの間に割りこんできた。

真壁先生は息をするのを忘れていたように大きく鼻から空気を逃がすと、私をまっすぐに見た。

「俺のことはいい。それより、今後は時間を巻き戻すのをやめたほうがいい」

「あ、はい」

もちろんこれ以上するつもりはなかった。

「時間を越えるのは想像以上に身体にダメージを与えるそうだ。ラジオの声を聞く程度でおさめないと、死んじまうぞ」

「ああ……」

あの日感じた、身体の内側が溶けていくような気持ち悪さを思い出す。

「それに——」と言いかけた真壁先生が躊躇するようにいったん口を閉じた。しんとした沈黙が流れた。

「先生？」

「……確実とは言えないことなんだが、仮説があってな。奏太の運命について言わなくちゃいけないことがある」

「奏くんの？」

ドクンと胸が鳴った。お母さんと同じで、私も悪い予感を覚えることがある。今がそのときだ。

「時間を巻き戻して、ある事由《じゆう》を回避したとしても、最終的にその人の辿るはずだった運命は変わらないと言われている」

「え……運命？」

大きくうなずいた真壁先生はメガネを直してから言った。

「加藤がどんなにがんばっても、奏太が死ぬ運命は変えられないんだよ」

ずっと運命という言葉が嫌いだった。

それは、この言葉を聞くことを知っていたからかもしれない。

第四章　流れに逆らう

丸いお皿に、カレーライスが盛られている。湯気のはしっこのほうに赤い福神漬けが載っていて、遅れてカレー独特の香りが鼻腔をくすぐった。

斜め前の席に伊吹じいが座るのがぼんやり見える。その視線が私に向けられていることに気づき、大きく瞬きをして現実にピントを合わせた。

「ほれ、またぼんやりして。せっかく奏太がこさえてくれたメシが冷めるぞ」

「あ、うん。なんか今日は疲れちゃってね」

「やっと夏休みに入ったっていうのに、もう疲れてるなんて咲希ちゃんらしいな」

ガハハと笑った伊吹じいが台所に立つ奏太に同意を求めるように振り返った。麦茶をグラスに注ぎながら「だね」と奏太が苦笑いする。

そっか、今日は火曜日。恒例の夕食会だ。とはいえ、最近は曜日に関係なく集まることが多いけれど。

隣の席に座る倫は、伸びた毛先をいじくるのに忙しい。

「それが咲希ちゃんらしいの。年中ぼんやりしてるから、ボクは慣れっこだけどね」

なんて憎まれ口をたたいている。

おばあちゃんが亡くなってからも続く夕食会は、さみしくて懐かしくてあったかい。

作り手は自然に交代制となり、私だけでなく奏太もタブレットで調べていろんな料理を作ってくれている。夏休み中は倫も参加してくれているので湿っぽくならずに済んでいる。

「よし、食おう」

奏太が席につくと、倫が真っ先にスプーンを手に取り食べだした。私も手を合わせてからカレーのルーを口に運んだ。辛いものが苦手な倫に合わせた甘口のカレーは、じゃがいもがゴロゴロ大きくて、玉ねぎはほとんど溶けてしまっている。

「おいしい」

「だろ」

ニッと笑う奏太に同じように笑みを作った。ううん、うまく笑えたかどうか自信がない。

それは、あの日の真壁先生の言葉のせい。

奏太が死ぬ運命は変えられない、と真壁先生は言っていた。彼なりの調査結果だから本当かどうかわからない話。それでも、内容には真実味があった。

じゃがいもをスプーンで割りながらあの日の真壁先生の言葉を思い出す。

＊＊＊

「不思議なラジオは、亡くなった人が大切な人にメッセージを伝えるもの。本来なら、それを聞くことしかできないはずだった」

真壁先生は前髪を無造作にかきあげて言うと、「しかし」と続けた。準備室の椅子は冷たく、テーブルに置いた手先も冷えている。

「メッセージを聞いた人の想いが強ければ、時間を巻き戻せたり早送りできたりするらしい。ただし、それにはふたつの重い代償がつきまとう」

「ふたつ？　ひとつは自分の身体がこわれるってことですよね？」

真壁先生はメガネ越しの瞳を私に向けてうなずく。

「過去や未来を変えてしまった罰だろう。そうじゃないと何度でもやり直す人間が出てくるだろうしな」

たしかに、何度も過去に戻れたとしたら世界を手に入れることだって難しくないかもしれない。あの日感じた気持ち悪さは、今思うと『死のにおい』がしていた。陰鬱《いんうつ》としたけだるさが漂《ただよ》い、身体の内側から魂が吐き出されそうな感じで、思い出すだけでお腹に手を当ててしまうほど。

「もうひとつは、当事者じゃない人への影響だ。時間を巻き戻し、過去と違った行動を起こせば、必ずなにかしらのほころびが生まれる。今回の事故で奏太の代わりに亡くなった人はいなかったか？」

まっすぐこちらを見つめる真壁先生に、新聞の記事が頭に浮かんだ。

「作業員が軽い怪我を負ったって……」

「それがほころびだ」

前髪がまたメガネにかかるのを嫌うように真壁先生は頭を横に振った。

「過去を変えるたびに色々なほころびが生まれるんだ。そのふたつの代償を支払ったとしても、本人の運命を変えることはできない。正しい運命が再び奏太を襲うだろう」

「正しい運命、って……奏くんがまた事故に遭うこと？」

「ああ」

そっけなく言ったあと、真壁先生は「いや」と否定した。

「今回決まっていた運命は、奏太が死ぬこと。事故とは限らないだろう。なんらかの形で運命は彼に死を与えるはずだ」

「そんな！」

必死で助けたのに、また同じことが繰り返されるなんてあんまりだ。奏太が死ぬことが正しい運命なんて……。

一気にあふれる涙をそのままに立ちあがる。

「なんとか助ける方法はないんですか？」

私にできることならなんでもしたい。奏太がいない毎日なんて想像したくない。

「今、話したことはすべて定説だ。だが仮説、噂、空想とも言える。ひょっとしたら事実は違うかもしれない。そこも含めて調べてみるよ」

「未来にも行ける、って言ってましたよね」

「それも定説のひとつにすぎない。なんせ、文献自体が少ないから調査のしようがない。実際にラジオを使ったという人に会えたのは、加藤がはじめてだからな」

うなずく私に、真壁先生が「それに」と言いかけて急に口を閉じた。まるで言ってはいけないことを言いそうになり、慌ててやめたように見えた。

じっと見つめる私に気づくと、真壁先生はあきらめたように鼻から息を吐いた。

「代償の話には、もうひとつ仮説があるんだ」

「聞かせてください」

運命が決まっているなんてやっぱりありえない。もしも私が奏太を救えるならなんでもやる。どんな情報でも今は知っておきたかった。

「時間を越えることで相手の運命を引き継ぐことができる、という仮説だ」

「引き継ぐ？　それって――」

身を乗り出す私を、真壁先生は首を横に振ることで止めた。

「あくまで仮説だからこれ以上知っても仕方がない。とにかく、時間を巻き戻すことで想像もつかないことが起きる。お前だけじゃなくたくさんの人にも迷惑がかかる。あのラジオは、亡くなった人の声を伝えるのが役割だ。ラジオの力を利用して時間を越えることはタブーなんだよ」

まっすぐ私を見つめる真壁先生から視線を落とし、自分の膝《ひざ》を見つめた。

「私は、あと何回時間を巻き戻せるのですか?」

「は?」呆れた声をあげた真壁先生は、わざとらしくため息をついた。

「ゲームじゃないんだから残りのライフなんてわかるわけがない。今が最後の一機だったってこともある」

真壁先生は最後に言った。

「とにかくこれ以上、時間を巻き戻すな。これは約束だ」

うなずいてはみたけれど、また奏太が目の前で事故に遭ったなら、迷わず私は時間を戻すだろう。

何度でも、この命が消えてしまう日まで。

＊＊＊

伊吹じいと倫が帰ったあとは、奏太とふたりで洗い物をする。

テレビがないこの家では、昔はラジオがＢＧＭで、今はじゃぶじゃぶ洗う水音がその代わりになっている。

奏太と離れているときはいつも考えてしまうのに、距離が近くなるほどに顔が見られず、自然に話もできなくなる。

気持ちがバレないように必死で違う自分を演じているみたい。気づかれたくない、気づかれてはいけない。

呪文のように頭のなかで繰り返しながら、幼馴染の加藤咲希としてふるまう。そしてひとりになると、「なんで気づかないの?」なんて八つ当たりのひとりごとをつぶやいている。

「――か?」

水音に紛れ、奏太の声が聞き取れなかった。

「ん?」

笑みを意識して顔を向けると、エプロン姿の奏太が慣れた手つきで皿を拭いている。

「だから、あさってってヒマ?」

「え……あ、なんで?」

質問に質問で返すと、横顔の奏太が小さく笑った。私の好きな奏太の笑いかた。

「一限だけ補講があってさ。そのあと、町でランチでもどうかな、って」

「……いいね」

心臓がグッと痛くなるのを平気なフリでなんとか答えた。我ながら愛想がないとは思うけれど、よろこんでいると悟られてはいけない。

「そのあと、駅前のショップにまた行きたい。あと、餃子屋も。前回は強引に帰らされたからさ。つまり、時間を戻したみたいにあの日をやり直すってわけ」

「じ、時間を戻す……」

　奏太の口からその言葉が出るなんて⁉

　驚きで口をあんぐり開ける私に、奏太は不思議そうな顔をした。

「俺、なんかヘンなこと言った？」

　そうだよね、ラジオの力を知っているわけがない。こんなにわかりやすい態度を取っていたら、ラジオのことがいつか奏太にバレてしまいそう。

　奏太は自分の運命を知ったなら、私に迷惑をかけないようにいなくなってしまうだろう。ずっと幼馴染だから、こういうこともわかってしまう。

　絶対に知られてはいけない。決意を胸に、「だってさ」と明るい声を意識する。

「最近奏くんにモテまくりだから」

「はあ？」

　眉をひそめた奏太が、鼻の頭をかいた。

「別にただやり直しに誘ってるだけだし。それに最近、この地区に泥棒がいるだろ？」

「犯人は捕まってないんでしょう？」

蛇口の水を止め、ハンドタオルで手を拭いた。

「昼間に被害に遭うことが多いんだって。だから、ひとりにしとくのが心配なんだよ」

「うん。ありがとう」

赤くなる頬がバレないよう、リビングに向かいながら「あ」と気づく。やり直しをするなら、事故ももう一度起きるのかもしれない。

「ショップって、この間のアクセサリーのお店のこと？　ほかの店でもいいんじゃない？」

「友達がバイトしててさ、一応顔出す約束してるんだよ。前にも言ったはずだけど？」

「前に行ったからいいんじゃないの？　お店に行く約束は果たした、ってことで」

「俺は、お前みたいに神経が図太くないからな」

「繊細な人は、補講ばかり受けていません」

「ひでぇ。咲希だって優秀じゃないのに」

ゲラゲラと奏太は笑った。

そうそう、私たちはいつもこんな感じだった。久しぶりの掛け合いがうれしくて、少し切ない。

だけど、悪い予感はもう顔を出している。やり直しの最中に事故は起きるのかもしれない。

逆に、奏太がひとりでいるときに運命が彼を襲う可能性だってある。私がそばにいたほうが、回避できる確率は高いかもしれない。大切な人が自分の目の前で死んでしまうところを見るかもしれないやだな、と思う。

いなんて。

真壁先生が言っていた『運命を引き継ぐ』という言葉が頭から離れない。奏太の運命を私が代われるなら、そうしたいって本気で思っている。

奏太が最後の皿を食器棚にしまった。

これでふたりきりの時間は終わりを告げる。でも、あさってでも会えるなら、それまでがんばれそう。

玄関で見送るとき、奏太は「よかった」と言った。

「時ばあのことでずっと元気がなかったからさ」

「まだ悲しいことは悲しいけど、大丈夫だよ」

「無理すんなよ。なんかあったら電話くれればいいから。じゃ、おやすみ」

そういうやさしさがもっと奏太のことを好きにさせているんだよ。

夜の闇に消えていく姿。足音も遠くなる。

もしも幼馴染じゃなかったら、もしも家が近所じゃなかったなら、私たちは会うこともなかったのかな。

ドアを閉めてからラジオの前で正座をした。

「いけない」

もう一度玄関へ行きカギを締める。すぐに忘れてしまうのは悪い癖だ。

ラジオの電源を入れると、
ジジジジ――ジジ
ノイズ音が聞こえる。

真壁先生に話を聞いてから、ずっと考えていたことがある。

スピーカーのあたりに右手を当てる。

「おばあちゃん？　ねえ、おばあちゃん」

片方の手でつまみを回しながら呼びかけるけれど、ノイズ音が大きくなるだけ。

「おばあちゃん、声を聞かせて。どうしてもおばあちゃんの声を聞きたいの。あのね、私、奏太を助けるために時間を巻き戻したんだよ」

普段はおしゃべりなおばあちゃんなのに、私が間違ったことを主張したときだけは口を閉ざしていた。だからおばあちゃんが無言になると、自らを振り返るようになった。

きっと、私が考えていることをおばあちゃんはわかっている。だから、返事をしてくれないのかも。

「信じられないけど、奏太は死んでしまう運命なんだって。だとしたら、事故が起きるよりずっと前に戻ればいいと思ったの。たとえばお正月とかそのあたりに。そこからやり直せば、おばあちゃんが病気になる前に病院に行ける。だからお願い、もう一度時間を戻してほしい」

大きく時間を巻き戻せたなら、おばあちゃんも死なずに済む。

これが私が考えたアイデアだった。おばあちゃんの死によって様々なことが起きているならば、その元凶を取り除けばいいんだ。真壁先生に言えば全力で反対されるに決まっている。でも、おばあちゃんなら理解してくれるはず。

「おばあちゃん、お願い。声を聞かせて。おばあちゃんが元気だったころに時間を巻き戻して」

部屋を見回すけれど、前のように風景は溶けてくれない。電気を消したり、ラジオのスイッチを手当たり次第に触ってもダメだった。

寝ている間に時間を巻き戻してくれるかも、と考え、その日から布団をラジオの前に敷いて寝たけれど時間はおろか、夢さえも見なかった。

おばあちゃんはだんまりを決めこむことにしたらしい。

十三時、浜松駅北口、交番の前。
目の前にある送迎レーンでは、さっきから何台もの車が旅人をおろしては去ってい
く。見送る人たちは笑みを浮かべていたり、泣きそうになっていたりする人もいる。
このなかに、もう二度と会えない人はいるのかな？　もしそうだとしても、夢にも
思わないんだろうな……。
私はまだ奏太を見送りたくない。できればおばあちゃんも取り戻したい。
けれど、あの日以来、ラジオからおばあちゃんの声は聞こえないまま。
奏太はさっき大学を出たところらしくメッセージが入っていた。思ったよりも補講
が長引いた、と書いてあったけど、私の予想じゃレポートのやり直しとかだろう。
スマホが震え、画面に『亜弥』の文字が表示された。
「もしもし、亜弥？」
『やほー。たしか今日って奏太さんとのデートでしょう。そろそろ待ち合わせ時間だ
よね？』
さすが親友、軽く話をしただけなのに覚えていたとは。
「そんなんじゃないよ。前の買い物のやり直しをするだけ」
『そういうのを世間では「デート」って言うんだよ。いいなあ、なんかうらやましい』
「自分のほうがリア充なくせによく言うよ」

送迎レーンで恋人を見送る男性。女性はトランクを手に歩いていく。彼はその背中をずっと見て、さみしそうに立ちすくんでいる。

やっぱり送迎レーンには切ないドラマがあるな……。

『それがさ……孝弘くんとケンカしちゃってさ』

亜弥が声のトーンを落とした。やっぱりな、と思う。最近、亜弥と彼氏はちょっとしたことでケンカになるみたい。私に話を聞いてほしくて亜弥は電話してきたんだ。

「なにが原因なの？」

『わかんない。せっかくのデートなのに急に怒るんだよ。マジむかつく』

ぶう、と膨れている顔が想像できて少し笑えた。

「勝手に怒るわけないでしょ。よく考えてみてよ。なにか亜弥が言ったことで怒ったはずなんだから」

私より恋愛には詳しいはずなのに、亜弥はなんでも相談してくれる。うれしいけど、私にはわからない世界のことだと思っていた。

でも、このごろはちょっとだけ理解できることが増えてきた。

『あえて言うなら……あれかな。定期演奏会のこと』

「ああ、吹奏楽部の？」

『来月末にあるでしょ？　孝弘くんは観にきたがってたんだけど、断ったの。そしたら急にムスッとしちゃってさ、意味わかんない』

「いや、意味わかるし」

『なんでよ』

「そういうときこそ、名探偵亜弥が登場しなきゃ」

普段はクラスメイトに愛のすばらしさを説く亜弥なのに、自分のことになるとわからないようだ。

『ランチデートする予定だったのに、ムカつくから帰ってきちゃった。だいたい孝弘くんってさ――』

送迎レーンで大きなクラクションが鳴った。見ると、車両が停車位置から大きくはみ出して止まっている。その向こうの大通りでは、救急車がサイレンを鳴らし走っている。

普段は静かな環境にいるせいか、いろんな音がたえず渦巻いている街中はやっぱり苦手だ。右手でスマホの通話口を覆った。

「ちゃんと謝りなよ。定期演奏会に呼べばいいんだから」

『なんであたしが謝らなくちゃいけないわけ。それに、好きな人に見られてるなんて緊張して演奏どころじゃなくなるし』

「好きな人だからこそ見てほしいものでしょう？　亜弥が毎日練習してたことも騎月

くんは知ってるわけだし」

『絶対にイヤ。ていうか、咲希までそんなこと言うなんて信じられない』

「ね、落ち着いてよ」

『落ち着くのはそっちのほう。もういい。あたしがバカだったんでしょ。じゃあね！』

ぶつりと切られたスマホを見つめる。

もう、自分から相談しておいて……。

ふいに誰かの気配を感じ横を見ると、奏太がニヤニヤした顔で腕を組んで立っていた。

げ、いつの間に⁉

奏太は八重歯を見せてから、優雅に一歩近づき首をかしげた。

「恋愛相談は終わった？」

「来てるなら声かけてよね。だいたい遅刻だし」

「咲希も恋愛相談にのるような歳になったんだなあ、ってしみじみ思ってたんだよ」

いつものジーパンじゃなく、黒いパンツに七分丈のモスグリーンのジャケットの奏太が、やけに大人に見えてしまう。

「絶対バカにしてるよね」

一時間悩んで決めたスカートにスマホを落とした。突然の登場にまだドキドキしていて、いつもより強い口調になってしまった。

気にした様子もなく、奏太は「あのさ」と申し訳なさそうに言った。

「行きたいランチの店、よくよく考えたら南口のほうだったわ」

「逆じゃん」

マンションの建設現場が頭に浮かんだ。てことは、ランチをしてそのままアクセサリーショップへ行くのか。あの周辺ではじゅうぶん気をつけないと……。

「そんな怒るなよ。ランチおごるからさ」

怒ってないよ。むしろうれしいんだよ。

言葉にできない想いを数えたらきっとキリがないだろう。そのひとつですら口にはできないけれど。

「お腹空いた。おごりなら高いもの頼もうかな」

歩きだす私に、奏太は「お任せあれ」なんておどけてついてくる。

駅構内を歩いていると、なんだか少し誇らしげな気持ちになってくる。奏太とふたりで外を歩く機会が増えてうれしい。

「南口のそばなの？」

「出て左かな。レンタカー屋の近くらしい」

南口から外に出ると、さっきよりも太陽がまぶしく感じられた。レンタカー屋は、マンション建設現場とは逆だ。

タクシー乗り場を通り過ぎ、横断歩道へ向かっていると、

「あれ？」

奏太が声をあげた。

横断歩道に立っていた髪の長い女性が振り向いたと思ったら、赤い唇を大きく開けて笑った。

「奏太！　嘘、すごい運命！」

運命？　眉をひそめてしまう私を置いて、奏太は小走りに彼女の横に立った。

「こんなところで会うなんてな。補講を受けてないのになんで？」

「補講？　ああ、奏太って補講組だったもんね。私はバイト終わり。今日は早番だったんだぁ～」

メイクは濃い目。髪が糸みたいに細い。奏太の名前を呼び捨てで呼ぶ。語尾を伸ばす。

「バイトしてるんだっけ？」

私に奏太は背を向けたままで、声だけが聞こえる。

「もう、何回も言っているのにちっとも覚えないんだから。駅のなかにある二葉《ふたば》コーヒーでバイトしてるの。『また行くね』なんて調子いいこと言って、やっぱり忘れて

たんだねぇ」

半ばもたれるように奏太に絡みつく女性。甘い声。甘すぎる声。

「せっかくだしどっか行かない？　暑いから涼みたいよぉ」

首をかしげる女性に、奏太が私の存在を思い出したのか振り向いた。

「悪い」

「あ……」

私に気づいた女性の目が少し見開いた。

横に並ぶと奏太が「コレ」と言って、私を指さした。

「幼馴染の咲希」

幼馴染か、と少し悲しい気持ちになるが、長い間そういう関係だからこそ切り替えは得意になった。

「人のこと『コレ』呼ばわりしないでよね。はじめまして、加藤咲希です」

自己紹介をすると、女性は「へえ」と明るい声で応えた。

「私、鈴本愛実《すずもとあいみ》っていいます。よろしくね。これからふたりでランチとか？」

「えっと……」

答えながら奏太を見ると、肩をすくめてきた。

なにを言わんとしているのか不明なまま、

「そう、です」

と、ぎこちなくうなずく。

「じゃあさ、私もご一緒したいな。って、ひょっとしてお邪魔かな」

さっきからわかっていた。

彼女が私に向けるのは、まるでライバルを見るような目だった。

幼馴染だと知り、少し安心したように和らいだ瞳の奥で、まだ疑っていることが伝わってくる。同じ感情を持つ者だけが共有する敏感さ。

——彼女も奏太のことが好きなんだ。

いつか、こういう日が来るっていう予感はあった。奏太の口から『彼女がさ』と語られる悪夢だって何度も見た。なんなら、『うちの妻がさ』と言う夢も見たことがある。

実際に起きてしまうと、思ったよりもショックは少なかった。三人でのランチは予定外だけれど、一緒にいたほうが奏太を守れる可能性は高まるだろう。

私って案外、最終的にはポジティブ思考になれる性格かもしれない。

「ああ、それじゃあ一緒に——」

「ごめん」

私の言葉にかぶせるように奏太が言った。

「今日はコレとの約束だからさ」

驚いた顔をした愛実さん。でも私のほうがもっと驚いている。

一気に顔が赤くなるのがわかった。

「てことで、またな」

「あ……うん」

愛実さんは戸惑ったような表情を浮かべていたけれど、信号が青になったのを確認してから美しくほほ笑んだ。

「わかったー。また大学でね」

優雅に横断歩道を歩いていくうしろ姿を見送る。

「ね、いいの？」

「いいに決まってるだろ」

意にも介してないような顔で奏太は言った。そして、無造作にパンツのポケットに右手を入れたかと思うと、なにかを取り出し私に渡してくる。

「え、なに？」

手のひらのなかにあるのは、黒猫の描かれたキーホルダーだった。駅前のショップで見たやつだ……。

受け取り顔をあげると、奏太はすっと身体ごと横を向いてしまった。

「ほら、こないだ買うかどうか迷ってたから」

「気づいてたの？」

「何年幼馴染やってると思ってんの？　すっげー、物ほしそうな顔してたよ」

「物ほしそうな顔なんてしてないもん」

　にやけそうになる顔をおさえられない。奏太はもう背を向け歩きだしている。

「売り切れるとかわいそうだから、先に買っておいた」

「あ、ありがとう」

　まだキーホルダーに視線をおいたまま答える。このシーンをこれから何度も思い出すのだろう。思ってもみないプレゼントに、胸のドキドキが聞こえないか心配。

　先にある小さな交差点に差しかかると奏太は歩きながら身体ごと振り返った。

「ほら、ランチ行くぞ」

　ささやくような風が、奏太の前髪を揺らしている。目を線にして笑う顔も、カラオケ店から聞こえる音楽も、スローモーションのように感じた。

　そうして、私はもっと彼が好きになる。

　あふれる感情がバレないようにうつむいた、その時だった。

　地を割るようなすごい音が近くでした。思わず目をつぶると同時に、爆発するような音とガラスが割れる音が同時にした。キーンと耳の奥が鳴っている。

目を開けるとそこに奏太はおらず、粉々に割れたカラオケ店の自動ドアに車が突っこんでいた。

「え……」

つぶやく声が、すぐそばであがった悲鳴にかき消される。

ドンと身体が押され、愛実さんが私を押しのけ店へ駆けていく。

「嘘でしょう!? 奏太、奏太！」

彼の名前を何度も叫ぶ愛実さんの声が、耳に痛い。

奏太はどこにいるの？ 奏太は……。

たくさんの人が集まってくる。こげくさいにおいと黒い煙。既視感のある光景に、やっとなにが起きているのかわかった。

また、奏太のことを守れなかったんだ……。運命が彼の死を願うと知っていたのに、なんにもできなかった。

「奏くん……」

名前を呼んでも、もう彼には聞こえない。

運命がまた、彼を連れ去ってしまったんだ。

おばあちゃんの家に入ると、座るのももどかしくラジオの電源をつけた。

モーター音に続き、ラジオ番組が流れ出す。パーソナリティの男性が明るく曲紹介をしている。

「早く。早く……」

壁にかかった時計を見ると午後五時を過ぎたところ。

伊吹じいは今ごろ病院にいるのだろう。あのあと、愛実さんは当然のように救急車に同乗していった。私はただそれを眺めていることしかできなかった。

奏太の顔は青く、血だらけで……。

そのあと、私はどうしたのだろう。ああ、しばらくぼんやりしたあと、現場検証に来た警察官に話を聞かれたんだ。なにを聞かれたのか、どう答えたのかも覚えていない。

ギュッと目を閉じても、あの光景がまぶたに焼きついて消えない。

どうしてまた同じことが起きてしまったの？

なんで防げなかったの？

「お願い……。お願いだからっ」

つまみを右へ左へと回す。そのたびにノイズが大きくなったり小さくなったり、いろんな番組の音が流れたり。

もう一度、待ち合わせの前に戻ることができれば事故を防げるはず。

「おばあちゃん。お願い、時間を……もう一度時間を巻き戻して。お願いだからっ！」

真壁先生は、奏太の運命は決まっていると言っていた。でもそれは確定の話じゃない。だったら、だったら……！

「私が、私が奏くんを！」

たとえ自分の身体に負担がかかろうと、奏太をこのまま死なせたくない。時間を巻き戻して救えるなら、何度でも救いにいく。

あふれる涙を拭う。今は悲しんでいる場合じゃない。過去に戻ればすべてやり直せるのだから。

ふいにラジオから音が消えたかと思うと、

ジジジジジジ……ジジッ

さっきまでとは違う、かすかなノイズ音が聞こえた。

「おばあちゃん！」

大きなスピーカーに耳をつける。

『ジジジ……もしもし。ああ、聞こえて……ジジジ』

聞こえてきたのは——奏太の声だった。

「奏くん……」

耳を澄まして必死に彼の声を追う。

『……なんで？　ジジジ……ってことかよ』

真壁先生は、亡くなった人と会話ができる例もあると言った。過去の会話を聞くことも。

「どこ、どこにいるの？」

『だから……ジジジ……補講は……』

「奏くん、聞こえる？　答えてよ、ねえ答えて！」

誰かと電話で話をしているのだろうか。

どんどん声が遠くなっていく気がする。私の知らない会話だ。

『ジジジ…………とにかく……から……ジジジ』

かすかに聞こえる奏太の声に、必死で願う。

「時間を戻して。お願いします。お願いします！」

ふいに身体がふわりと浮かんだ気がした。ぐにゃりと視界が揺れ、曲がる。

窓からの光がまぶしいほど強くなったかと思うとどんどん暗くなり、やがて世界は真っ黒に落ちた。

目を閉じてもなお、奏太のことを強く思う。

どれくらいそうしていたのだろう。

ゆっくり目を開けると、見慣れた天井が見えた。おばあちゃんの家のリビング。天井からぶらさがっているおばあちゃん自慢の小さなシャンデリアが窓からの光でキラキラしている。

「嘘……」

時間を巻き戻せなかったの？

いつの間にか寝てしまっていたのだろうか？

起きあがろうと肘《ひじ》をつくのと、ひどい吐き気に襲われたのは同時だった。身体の奥から逆流して気持ち悪さがこみあげてくる。

くの字に身体を折り、口元とお腹をおさえる。前のときよりかなりひどい。

真壁先生が言っていたように、副作用は強くなっているようだ。

歯をくいしばり吐き気に耐えながら薄目で時計を確認すると、朝八時半を過ぎたところ。

これは……戻ったの？　それとも、普通に時間が過ぎただけ？

吐き気があることにまだ希望は持てる。ようやく落ち着き、スマホを開きカレンダーを確認すると日付は今日のまま。間違いない、時間が巻き戻っているんだ。

「よかった……」

神様とおばあちゃん、そしてラジオに感謝しながらこぼれる涙を拭った。さっきとは違う安堵の涙は不快ではなかった。

それにしても……と、いつの間にか電源の落ちたラジオを見る。

前回は事故の直前に戻れたのに、今回はずいぶん前の時間に戻ったみたい。

時間を巻き戻せただけでも奇跡なのに、贅沢《ぜいたく》なことを考えているな……。

大丈夫。まだ吐き気はあるけど、動けないことはない。しばらくじっとしてからゆっくりと起きあがり、奏太に電話をかける。

呼び出し音が鳴る前に電話はつながった。

『あれ、咲希？　電話なんて珍しいな』

奏太が生きている……。ぶわっとあふれる涙がそのまま頬にこぼれた。

ああ、もう泣いてばかり。悲しみじゃなく安堵でもなく、頬にこぼれているのはよろこびの涙。奏太が生きていること、それだけでうれしくて仕方ない。

『もしもーし。あれ、つながってない？』

「あ、ごめん！」

泣いているのをバレないように大きな声で言ってしまった。

『びびった。声が大きい』

「うん……ごめんなさい」

『ひょっとして、なにかあった？　まさか、今日の約束ダメになったとか？』

「違うよ。あの……えっと……寝ぼけてたの」

『なんだよそれ』

奏太の笑い声がくすぐったくてうれしいよ。やっぱり、時間を巻き戻してよかった……。

『ならいいけど、もう補講はじまっちゃう。単位がかかってるから切らないと』

「あ、あのさ。今──誰かと電話してた？」

ラジオから聞こえた声を思い出して尋ねると、奏太はキヒヒと笑った。

『バイト代わってくれって、バイト仲間から電話があった。もちろん断ったけど。じゃあな』

ラジオは戻る時間の音声を届けている。そういうこと？

スマホを置き、大きく息を吐き出した。まだ、指先が少し震えている。

確認するように繰り返す『よかった』の気持ち。だけど、これから運命を変えなくてはいけない。ううん、運命を正しい方向へ修正するんだ。

手早く着替えてから家を出ると、ちょうど来たバスに飛び乗る。

ふと、財布に入れっぱなしだった真壁先生の名刺を思い出した。そこに書かれていた携帯番号にメッセージを入れる。

『加藤咲希です。また、時間を巻き戻しました』

送信ボタンを押して十秒後、スマホが着信を知らせるメロディを奏でた。前に座る乗客が迷惑そうに私を見たので慌てて拒否ボタンを押した。スマホをサイレントモードに変えるけれど、再度着信を知らせるアイコンが画面に現れた。

『今、駅に向かうバスのなかです。着いたら連絡します』

メッセージを送るけれど、真壁先生からの返事はなかった。

バスはゆるやかなカーブを描き、ロータリーへ到着する。

約束までは三時間くらいあるけれど、ちゃんと対策を考えないといけない。

南口を出て横断歩道へ。ガラス張りのカラオケ店は昼前の光で輝いている。大学生らしき男女のグループが、にぎやかに自動ドアのなかへ消えた。

普通に存在している日常がありがたい、と思えた。駅へ吸いこまれていく人々、タクシーの待機所で談笑している運転手たち、遠くで聞こえる列車の到着を知らせるアナウンス。どれも愛しくて、また泣きそうになる。

けれど、何時間後かにここは事故現場になってしまう。粉々に散らばったガラスと焦げたにおいが忘れられない。

キュッと音がし、振り向くと、自転車にまたがる見知らぬ男性がいた。ボサボサの髪にヨレヨレのシャツ。寝起きでそのまま自転車に乗ったみたいに乱れた髪……。

当たり前だ、とでも言うように不機嫌を顔に貼りつける男性は、真壁先生だ。

「真壁先生？」

自転車をおりると真壁先生はあたりを見回した。

「関係者に見られたらやっかいだから、少し離れてろ」

「あ、はい」

関係者というのは同僚の教師や生徒のことだろう。数歩下がると、真壁先生は自転車を停めてから腕を組んだ。

「具合いは？」

「気持ちが……悪いです」

ふん、と鼻を鳴らし、真壁先生は信号機を見あげる。

「そうまでして巻き戻したってことは、やはり運命に逆らえなかった。そういうことか？」

カラオケ店の自動ドアを見る。

「ここで事故が……」

「そうか」

軽い口調で答えたあと、真壁先生は息を吐いた。未来を見るように目を細めカラオケ店を見ている。

「あのラジオは亡くなった人からのメッセージを受け取るためのもの。時間を巻き戻したり早送りしたって、結局は運命を変えることはできない」

「わかって——」

「わかってない」

はっきりとした低音で真壁先生は私を制した。怒っているように見える。

「ちっともわかってない。お前が時間を巻き戻すたびに周りの人の運命が変わる。前回の事故を思い出してみろ。本来は無事だった人がケガを負ったのを忘れたのか？」

「今回も誰かが……？」

「ケガならまだいい。もしも代わりに死んでしまったら？　どのみち変えられない運命のためにたくさんの人を巻き添えにできるのか？　それは正しいことと言えるのか？」

視線がアスファルトに落ちてしまう。バスのなかで考えなかったと言えば嘘になる。私のせいで誰かが苦しい思いをするなら、運命を変えることは間違いかもしれない。

だけど、だけど……！

両手をギュッと握りしめる。

「正しいことかどうかはわかりません。でも……大切な人なんです。だからこのまま黙って見送るなんてできません。どうしても助けたいんです！」

ぶわっと涙があふれる。やっぱり私は奏太が好き。

彼を助けられるなら世界を敵にまわしてもかまわない。

アスファルトの上に涙のシミが増えていく。

「おばあちゃんの声が聞こえたことや、時間を巻き戻せたことに意味はあると思うんです」

「声が聞こえたところで止めておけばよかったんだ。最後に別れをきちんと伝えるためにあのラジオはあるのだから」

「イヤ。そんなのイヤ……」

首を横に振る私に、真壁先生は電柱にもたれて空を仰いだ。あきれた顔をしているけれど、どこかあきらめたようにも見える。

「誰かを犠牲にしてでも助ける、なんてちっとも美談じゃない」

「どうしても奏くんを助けたい。だって、そのためにおばあちゃんはラジオの力を教えてくれたんです」

「傲慢な考えだ」

歯を食いしばり、真壁先生の言葉に耐える。

そのあと、ひとつの考えが頭にふわりと浮かんだ。おばあちゃんが最後の電話でラジオの力のことを口にしたのは、奏太がいなくなることを知っていたからかもしれない。ラジオの力で未来の話を聞いたとか？

「奏くんを助けるために、おばあちゃんは不思議なラジオの力を教えてくれたんだと思う。『ラジオの力を信じて』って言っていました。だから、だから……私はっ！」

「ああ、もう泣くな。みんな見てる」

言われて気づく。信号待ちの人たちがチラチラと興味深げに見ている。慌てて涙を拭い、肩で大きく息をついた。

吐き気がまた顔を出し、口をおさえる。あれから数時間経っているはずなのに体調は戻るどころかどんどん悪くなっていくみたい。

「先生、時間を巻き戻すことでその人の運命を引き継ぐことができるかもしれないんですよね？」

息を整えながら尋ねると、真壁先生は「やめろ」と三文字で答えた。

「それは仮説だと言っただろう？　今回の場合、奏太の運命を引き継ぐということは、身代わりに加藤が死ぬってことだ。そんなこと、軽々しく口にするな」

やっぱりそうなんだ。奏太の運命さえ引き継ぐことができれば、彼は生きられる。

反省したフリでうなずいたのは、もう少し情報がほしかったから。

真壁先生は「で？」と尋ねてきた。

「これから、その奏太ってやつを助けるわけか」

「はい。あの……運命を引き継がないようにするにはどうすればいいんですか？」

ん、と片眉をあげた真壁先生が疑うような目で見てくるので、首を横に振った。

「いくらなんでも私だって身代わりにはなりませんよ。ただ、助ける方法によっては無意識にやってはいけないことをしてしまいそうで」

それでもしばらく真壁先生は私を見てきたが、やがて肩をすくめた。

「仮説では、ただ願えばいいと書いてあっただけだ。だから、助けるときに『身代わりに』などと絶対に思わないことだ」

「わかりました」

「わかってない。加藤のなかにはまだ、自分の命を差し出してでも大切な人を助けたい気持ちがあるだろう？　でもな……残された人はどうなる？」

低い声が耳を通じ、身体の奥にずんと届いた。

「加藤の家族や友達、その人たちのことを考えたことはあるのか？　自分だけしかラジオの力を使えないなんて保証はない。その人たちがまたラジオの力を使ったとしたら？　お前を助ける代わりに命を差し出しても構わないのか？」

「…………」

「お前が時間を巻き戻したことで、全世界の人は同じ時間を二度体験している。そのせいで心臓に負担がかかって死ぬ人や、奏太の代わりに事故に遭う人だっているかもしれない。自己中心的な救済はやめろ」

なにも言い返せない。真壁先生の言った言葉が頭のなかでぐるぐるぐるぐる。

こんなに晴れた空なのに、まるで夜中にひとりぼっちでいるような孤独を感じる。

私を救うために、もしもお母さんが、お父さんが、倫が……。名前も知らない他人が犠牲になることもありえる。

押し黙る私に、真壁先生は「悪い」とつぶやいた。

「ちょっと言い過ぎた」

「いえ……」

ようやく出た言葉は自分でも消えそうに思えるほど小さかった。

「お前の人生だし、思うようにやればいい」

真壁先生が自転車のスタンドを外した。

「え、急に意見を変えるんですね」

「どうせ止めたって変わらないだろうしな」

軽い口調で言う真壁先生は、なんだか学校のときとずいぶん印象が違う。見た目は変わらないのに、いつもよりやわらかい口調に感じた。

ジロジロ見ていることがわかったのか、真壁先生は口をへの字に曲げた。

「んだよ」

「いえ、いつもと印象が違うなって」

「ああ」サドルにまたがった真壁先生が少し笑った。

「俺だっていつも不機嫌じゃない。学校ではそういうふうにしてるんだよ」

照れたようにそっぽを向く真壁先生。

「先生は、どうしてラジオの力について調べているんですか？」

「……また、落ち着いたら話す。そのときに加藤が生きてたらな」

挨拶もなく、ペダルを漕《こ》いで去っていく真壁先生を見送った。

私のことを心配して駆けつけてくれたんだ。前に『バツイチ』とか言って悪かったな……。

ため息をこぼし、駅のほうを見る。奏太は今ごろ、補講の真っ最中だろう。

「そうだ」とスマホを手にしてから、亜弥に電話をかけた。

『もしもーし。咲希？』

明るい声の亜弥に、さっきまでの不安が少しだけ消えた気がする。

「ねぇ、もう騎月くんに会ってるの？」

『今からだよん。これからランチ行くの。って、咲希に言ったっけ？』

「う、うん。こないだ言ってたじゃん」

ごまかす私に『そっか』と亜弥は信じてくれたみたい。

『でもさ、咲希から電話がくるなんて珍しいこともあるもんだ。名探偵亜弥も予想しておりませんでしたぞよ』

本当なら、このあと彼氏とケンカして私に電話することになるんだよ。もちろん言えないけれど。どう言えばケンカせずに済むのだろう。

「あのね……、ちょっと聞いてほしいんだけどね。自分の好きな人にはなんでも見てほしい、って私は思うの」

『……奏太さんのこと？』

「告白はできないままだけど、自分のこと知ってほしいし、奏くんのことももっと知りたいって思う。たとえ失敗したとしても、それも含めて知ってもらいたいの」

外にいるのだろう。スマホ越しに町のざわめきが聞こえてくる。

『ね……なにかあったの？　咲希が奏太さんのことを自分から話すなんておかしくない？』

さっきよりスマホに口を近づけたのだろう、亜弥の声が近くでする。

「ちょっといろいろあってね……。また今度ちゃんと話す。でも、亜弥も、騎月くんのことをそういうふうに思ってほしいな、って」

『どうして孝弘くんが関係するわけ？　なんか咲希、おかしいよ』

「たとえば今度の定期演奏会とかも、やっぱり好きな人には見てもらいたいって思わない？」

『ええっ!? それは思わない。だって見られてるって思うと緊張するし』

相当イヤなんだろうな。

「逆に考えたらどう？　もしも、騎月くんがなにか発表するときに『来ないで』って言われたら悲しいよね」

『実はさ……孝弘くん、誰かから定期演奏会のこと聞いたらしくてさ、こないだ尋ねられたんだよね。そのときはうまくはぐらかしたけどさ……』

「彼がいてくれるからこそ、力が出るって思えない？」

少しの沈黙のあと、亜弥が『思う』と言ってくれたのでホッとした。

『じゃあ、誘ってみようかな』

もう大丈夫だろう。きっと亜弥は彼氏を定期演奏会に招待してくれるはず。

そのあと、クラスの子の話をしてから通話を終えると、駅の構内へ足を進めた。

まだまだ約束までは時間があるけれど、奏太は私との待ち合わせ場所に来る前にショップで買い物をしている。その前に見つけて、事故現場から遠くへ連れ出したい。

あ……。時間を巻き戻したから、あの黒猫のキーホルダーはもらってないことになるのか。少しさみしいけれど、奏太を救うほうが何十倍も大切だ。

ショップの前で待ち伏せをしようかとも考えたけれど、一時間以上は待たなくてはならないし、店員に怪しまれそう。

ふと構内の右側にある『二葉カフェ』の看板が目に入った。愛実さんがバイトをしているカフェだ。まだ昼には早いせいか、ガラス越しに見える店内は空いている様子。

よし……。自分に気合いを入れ、自動ドアをくぐりなかに入る。ボサノバがかかる店内に香ばしいコーヒーの香りが漂っている。カウンターのなかに、愛実さんはいた。長い髪を束ね、同い年くらいの女子店員と小声で話をしている。私に気づいた愛実さんが、レジへにこやかな笑みでやってくる。

「いらっしゃいませ」

心臓が跳ねたのは、あの事故のときの彼女の目を思い出したから。まるで事故が私のせいかのような鋭い目でにらんでいた……。

ぼんやりしていることに気づき我に返るが、愛実さんは笑みを浮かべたまま。

「あ、あの……」

「ごゆっくりお選びください。今月のおすすめは、三ヶ日みかんサイダーや洋ナシのケーキです」

マニュアルなのだろう。それでも、やさしく対応してくれる愛実さん。今はまだ私の名前も知らないなんて、不思議だ。

アイスココアを注文し受け取ると、カップを手にすぐそばのカウンター席に座った。

カウンターのなかでは愛実さんがバイトの女子と話す声が聞こえている。聞き耳を立てるけれど、BGMが邪魔してうまく聞き取れない。

なにやってるんだか……。

自分のしていることに情けなくなり、ため息をこぼした。

なんだかたくさん運動をした気分。本来なら、もう夜になっている時間だから、疲れも出てくるはずだ。

「いらっしゃいませ」

新しい客に愛実さんが愛想よく挨拶をする。

彼女も悪い人じゃない。ただ、同じ人を好きになっただけ。最初に会ったとき、私も彼女に対して悪い印象を持ってしまっていたことに気づいた。恋の前で、私たちは平等のはずなのに、感情で評価してしまったと反省。

ココアを口にふくむと甘くて、少し苦い味がした。

アクセサリーショップの前にいる私に目を丸くした奏太が言ったのは、

「なんで?」

だった。

電車からおりたばかりのはずなのに額に丸い汗が浮かんでいる。約束の時間に間に合うよう走ってきたんだろうな。やさしさを感じても、私はもう泣かない。

奏太との時間をやり直すのがなによりも大切だから。

「こないだのキーホルダーが気になって見にきちゃった」

「……黒猫の？」

「うん」奏太がこのあと買うはずだったやつだよ。

「でも、買わなかった」

「なんで？」

「なんで、ばっかりだね。また今度にしようかな、って。それより、ちょっと行きたいところがあるんだけど」

歩きだす私に奏太は「どこ？」と単語で質問を重ねてくる。時計を見ながら駅の構内を抜けた。二葉コーヒーでの勤務を終えた愛実さんがそろそろ出てくる時間だろう。

今度は私たちのほうが先に交差点へ到着することになる。

最初は、事故現場からできるだけ遠くへ行こうと思った。

でも、運命が代わりの犠牲者を出すなら、それを防ぎたい。そうすることで、奏太にはりついた運命も変わるかもしれない。実証も論理的裏づけもない、ただの勘だけど、なにか新しいことをしないと運命は変えられないと思った。

これまで大嫌いだった『運命』について考える自分がいる。理屈じゃなく、どんなことをしてでも奏太を助けたい気持ちが泉のように湧きあがるのを感じる。

カラオケ店の前に立ち、再度時間を調べる。あと十分くらいか……。

あの事故が起きた瞬間、たしかすぐ近くを大学生らしきカップルが歩いていた気がする。自動ドアの向こうには思ったより近くにカウンターがあり、スタッフが会計をしていた。

これじゃあ誰が代わりの犠牲になるかわからない。

「カラオケ、入る？」

奏太が聞いてきたので首を横に振る。

「ううん。あのね、ちょっと電話したいから待っててくれる？　奏くんはここに立ってて」

カラオケの隣にある不動産屋の駐車場に奏太を立たせた。念のため、もうすぐやってくるはずの愛実さんから見えない位置にする。

「早く電話してメシ食いにいこう。ランチの時間終わっちゃう」

「お願いだから奏くん、ここから動かないで。いい？　絶対にここにいて。大切なことなの」

あまりに真剣に言っていたのだろう、奏太は納得できない顔のまま「わかった」とうなずいた。スマホを取り出し電話をかけるフリで交差点へ足を進める。

あの車は交差点の向こうの細道から暴走してきた。ハンドルさばきに失敗したのか、急な病気なのか……。運転手は初老の男性だった気がする。

交差点を渡ってみるけれど、まだ信号待ちの車は現れない。

失敗はできない、とひとつ深呼吸した。振り向くと、横断歩道の向こうに愛実さんが現れた。私に気づくことなくスマホをいじっている。

愛実さんが横断歩道を渡ったあとに、事故は起きたはず。

視線をうしろに戻した瞬間、あの車を見つけた。

白いセダンが、まるで酔っ払いみたいに右へ左へふらふらと。運転席はよく見えないけれど、どうやら居眠り運転をしているみたい。

途中で車は息が切れたみたいに停まってしまった。このあと暴走するんだ。

「すみません！」

駆け出したその時だった。ブオンとすごい音が車からしたかと思うと、急発進した。信号が青になったことに気づいたのだろう、アスファルトにタイヤのこすれる音が響くと同時に、一気に車がスピードをあげてやってくる。

まるで私を襲うモンスターのように一気に車体が大きく見えた。

ぶつかる!?

そう思った瞬間、うしろから強く引っ張られる感覚とともにビルの壁に背をぶつけていた。

ギギギギギギ！

ブレーキ音に続き、車は信号の直前で停車した。

大丈夫……誰もケガをしていない。私も……大丈夫だ。逃げるように去っていく白い車体を見送りながら、誰かに左腕をつかまれていることに気づいた。

振り向く前に、

「バカ！」

大声が耳元で響いた。

見ると、奏太が怒った顔で立っている。

「車に向かって走っていくバカがどこにいる。ほんと、このバカっつらが！」

「あ、ごめん……。奏太、ケガはない？」

「ない。てか、マジ勘弁。自殺するのかと思った」

ぜいぜい息を切らしている奏太。私の様子を見にきてくれたんだ。でも、一歩間違えば奏太もまた事故に遭っていたことになる。

「ごめん。本当にごめんね」

もしもまた同じことが起きるなら、今度は奏太を先に帰すとかして安全を確保しないと……。それでも、誰も怪我をしなくてよかった。

「え、奏太?」

声のするほうを見ると、愛実さんが驚いた顔で立っていた。一秒後には、恋をする人の笑顔に変わる。

「すごい、こんなところで会うなんて運命みたい!?」

興奮する愛実さんを見ても、前みたいな嫌な感情は起きない。

ただ、奏太を救えた。それだけで満たされた気持ちになっている。

お腹に手を当ててももう、気持ち悪さは夏空に吸いこまれたみたいに消えていた。

第五章　タイムリミットが見えた日

おばあちゃんの家が取り壊されることを知ったのは、七月最後の日だった。

あのカラオケ店での事故を回避してから、奏太には会っていない。

気持ち悪さは消えたけれど、代わりに夏風邪を引いてしまったみたい。高熱は数日耐えても下がることがなく、仕方なく実家で過ごした。

夏風邪が抜けたと感じたのは、トイレに行くときにキッチンから漂うカレーのにおいに気づいたから。顔を出すと、倫が「ほら！　ボクの勝ち」とお母さんに向かってピースサインをした。

「ほんとだ。カレーが好きだと知ってたけど、ここまで敏感とはねぇ」

おたまでカレーをかき混ぜながらお母さんが感心したような顔をした。そういえばこの間も奏太がカレーを作ってくれたっけ。みんな元気づけようとしてくれているんだな……。

「咲希ちゃんは、すぐこの香りに吸い寄せられるんだよね」

「人をカブトムシみたいに言わないでよね」

ニヒヒと笑う倫に眉をひそめてから、お腹が空いていることを思い出した。テレビを観ていたお父さんもやってくる。

「もう風邪は平気か？　食事もろくに食べないから心配したよ」

「うん。もう平気」

そっか、今日は土曜日か……。寝ては起きてを繰り返した上に今は夏休み。すっかり曜日感覚はなくなっていた。

久しぶりに家族で食べる夕食。カレーライスの日は、カチャカチャとスプーンが皿に当たる音が、楽器を鳴らしているみたいで楽しくて好きだった。

でも、私はあいかわらず奏太のことを考えている。夢でも何度も奏太が不慮の事故でいなくなるのを見た。寝ても覚めても、彼のことばかり考えている。

こうして寝こんでいる間になにかあったら、と心配ばかりしていた。

愛実さんはあのあと、奏太との距離が近づいたらしい。私もあの日、半ば強引にラインを交換させられ、たまに彼女からメッセージが来る。

内容はいつも奏太のことばかりだ。私もたまに『そうですね』と、けして愛想がいいとは言えない返事をしている。

恋は、あきらめた。

ううん、これは優先度の問題だ。今は奏太の命のほうが大切だから。

「……ということでな」

お父さんの声に思考の世界から抜け出した。

あれ、今なんの話をしていたんだっけ……。たしか、お盆の話をしていたような記憶がある。

左を見ると、お父さんはなぜかカレーライスとにらめっこしている。

「おばあちゃんの家を取り壊すことになりそうなんだ」

「え……」

お母さんと倫は知っていたのだろう、なにも言わずに私を見ている。

「取り壊すって、建物を？」

鼻から息をふんと吐くと、お父さんは口をへの字に結んだ。

「おばあちゃんの遺言。四十九日が終わったらあの土地を更地にして、売る。その金を兄妹で公平に分ける、って」

「そんな……」

「だったらうちが相続して、相応分を現金で兄妹に支払うって提案したんだけどさ、弁護士が『遺言書は絶対です』ってぬかしやがって」

怒りをぶつけるようにお父さんがスプーン山盛りのカレーライスをほおばった。

おばあちゃんの家がなくなる……。そんな日が来るなんて思ってもいなかった。子供のころからいつも通っていたあの家が――。

「……ラジオはどうするの？」

「ラジオ？　ああ、家具も含め、家にあるものはすべて処分。もらったり売ったりはできない遺言なんだとさ」

咀嚼《そしゃく》しながらお父さんは肩をすくめた。

ということは、あのラジオの力はもうすぐ使えなくなるんだ。ううん、もうこれ以上使えば自分の身がもたないだろうし、仕方がないかもしれない。それに、ラジオがなくなってしまえば、万が一にも奏太の運命がリセットされる可能性だってある。

でも、ラジオがなくなったあとに奏太になにが起きても時間を戻すことはできなくなる……。

「大丈夫か？」

心配そうに顔を覗きこむお父さんにうなずいた。

どちらにしても、なにもできない今よりはいい気がした。

「しょうがないね」

言うと同時に、カチャン！

スプーンの大合唱が続いた。三人ともスプーンを手からこぼしたまま目を丸くしている。そっか、みんな私がショックを受けると思って心配してくれていたんだ。

なんだかうれしくてまた泣きそうになる。最近の私は涙腺《るいせん》が不具合を起こしているみたいに、すぐに涙で視界が揺れてしまう。

「遺言に書いてまでおばあちゃんがそうしたいなら、仕方ないもんね」

「そう、だよな……」

オーバーに何度もうなずくお父さん。お母さんと倫も同じようにうなずいている。それが少し、うれしかった。


洗い物を手伝う間、男性陣はコンビニに出かけてしまった。

といっても車でないと行けない距離なので、ちょっとしたドライブだ。

「手伝ってくれるなんて、仮にでもひとり暮らしを体験して正解だったわね」

なんて、お母さんも鼻歌混じりに食器を洗っている。

「ね、おばあちゃんの家を取り壊すのはいつごろ？」

「さあ。どうして？」

食器棚にカレー皿をしまう。

「四十九日が終わったらすぐに取り壊してほしいの」

奏太になにか起きる前に、早く。さっきの仮説にすがる思いで口にすると、お母さんが蛇口の水を止めて私を見た。

「咲希、これから少しだけお母さんと話をする時間ある？」

真剣な口調にうなずくと、お母さんは冷蔵庫からコーラを二本出して庭へ誘った。

ベランダから外に出ると、蚊取り線香に火をつける。すぐに、花火大会のあとのようなにおいと煙が生まれた。

縁側に腰かけて空を見あげると、たくさんの星が光っている。久しぶりに外の空気が吸えて、少し気持ちがいい。

ペットボトルの蓋を取ると、炭酸が逃げる音がした。

隣に座ったお母さんが「あのね」と迷うように口を開いた。

「さっき、ラジオのこと言ってたでしょう？　おばあちゃんの家のラジオのこと、なにか知ってるの？」

思ってもいなかった展開に言葉に詰まる。お母さんは、おばあちゃんと仲がよかったからなにか知っているのかもしれない。

「それは……。お母さんこそ、なにか……知ってるの？」

質問で返す私にお母さんはしばらく黙ってから口を開いた。

「あのラジオはね、昔、お母さんのおばあちゃん、つまりあなたにとってひいおばあちゃんに当たる人が持っていた物なの」

ハッと隣を見る。横顔のお母さんが懐かしそうに眼を細めた。

「あのラジオには不思議な力があってね。誰も信じないけど、お母さんはあのラジオにすごく助けられたの」

「前に、言ってたこと？」

誰に聞かれているわけでもないのに、小声になってしまう。お母さんは前に『つらい別れを経験した』って言っていた。

「お母さん、あのラジオにある力を知っているの？　じゃあ、最後は……最後はどうなったの!?　私、奏くんを助けられるの!?」

腕をつかむ私にお母さんは目を大きく見開いた。

「……奏太くんになにかあったの？　ラジオの力でおばあちゃんの声を聞いたんじゃないの？」

質問ばかりお互いに投げ合ううちに、どちらからともなく押し黙った。シュワシュワと炭酸の音だけが場を支配していた。

しばらくして、お母さんはようやく口を開いた。

「お母さんは、亡くなったおばあちゃんと、当時大好きだった人の声を聞いたの。ふたりの声に助けられて、元気になれたのよ」

思い出しているのだろう。聞いたことのないやさしさと悲しみの混じる声に、私も覚悟して、あったことを話した。

私のせいで奏太が事故に遭ったこと、ラジオの力で時間を巻き戻したこと。体調が悪くなることはあえて伏せた。話をしているうちに、涙がこぼれた。

最後まで黙って話を聞いてくれたあと、お母さんはうめくような声をあげた。

「お母さんのせいね。ラジオをおばあちゃんに渡したから」

聞いたことのない悲痛な声に首を横に振った。

「違うよ。お母さんのせいじゃない。むしろ、奏くんを助けることができて感謝しているくらい」

だからこそ最後どうなるかを知りたかったけど、

「お母さんにもわからないの」

申し訳なさそうにそう言った。

「最後は廃棄するように言われたんだけど、どうしてもできなかったの。お父さんと結婚するときに処分しようとしたら、おばあちゃんが『ほしい』って言ってね……」

「そうなんだ……」

月の光が強くなったのか、さっきほど星はたくさん見えない。

「お母さんのときは、その人の声を聞き、一緒に今起きている問題を解決したの。だから、時間を巻き戻せることは今、はじめて聞いたわ」

「もし……その力を知っていたとしたら、お母さんは時間を巻き戻した？　大切だった人を助けた？」

尋ねる私にお母さんは「そうね」とひとりごとのようにつぶやいてから、私を見てほほ笑んだ。

「当時ならそうしたでしょうね。でも、今はそうしなくてよかったと思う」

「どうして？　だって、その人を助けられるんだよ？」

私なら奏太を絶対助ける。そうじゃないと生きている意味がないから。それなのに、お母さんは間違っているって言いたいの？

戸惑う私に、お母さんは片手で私の肩を抱いた。

「今だからわかることなの。その人を失ったときは地獄だった。生きていても仕方ないって何度も泣いたのよ。でも、それを越えた先にお父さんが待っていた。あなたがいた、倫がいた」

「………」

「おばあちゃんや伊吹じいや奏太くん。ほかにもこの地にたくさんの人たちがいた。あの別れがなかったら出逢わなかった人たちなの。なにが正解かはわからないけど、あの日、あの時、必死でやり切った自分を後悔はしていないの」

そうなのかな。そうだろうか。私には、まだわからない。

奏太がいない毎日なんて、わかりたくないよ。

「咲希」お母さんはそう言って肩に回した腕を解き、背筋を伸ばした。

「危ないことはしないで。あのラジオは、もういない世界の人と今をつなぐためのものなの。運命を変えることで、誰かを失ったらお母さん、自分を一生恨むことになるから」

「……うん」

うなずくけれど、まだ心は奏太を求めている。

彼は今、どこでなにをしているの？　誰といるの？　なにを思っているの？

私のことを少しは……。

「ただいまー」

にぎやかな男性陣の声に思考は中断された。エコバッグにたっぷりアイスやお菓子を入れたお父さんと倫に、私たちは立ちあがった。

「なにふたりで話してたの？」

あどけない倫の声に私は笑う。

「男子には関係のない話。女子会だよん」

「ひどい。ボクも入れてよ！」

「俺だけ、のけものかよ」

倫の文句にお父さんのぼやきが続く。おかしそうに笑いながらお母さんはもうアイスを手にしている。

みんな、私のかけがえのない家族だ。

待ち合わせ場所に現れた私を見て、奏太はうれしそうに顔をほころばせ、愛実さんは眉をひそめた。

「今日はお誘いありがとうございます」

にこやかに挨拶をすると、ようやく愛実さんは「あ、うん」と遅れて笑みを浮かべてくれた。

髪を染めたのか、前よりも明るい色でメイクも派手になった愛実さんは、胸元が見えそうなピンクのシャツに細いパンツスタイル。

八月に入り、朝だというのに日差しはあまりにもまぶしい。セミの声がBGMみたいにいろんな方向から聞こえる。

「あの……」

上目遣いで奏太を見る彼女は、やっぱりキレイだ。

「ほら、こないだ会った咲希。俺の幼馴染。遊園地行くって約束してたからちょうどいいかなーって」

悪びれる様子もなく、シャツにジーンズという軽装の奏太が言うと、愛実さんはなにやら口のなかでつぶやいてから私を見た。歓迎されていないのはわかるけれど、私だってこんなつもりじゃなかった。

昨日の夜、奏太から『困った』と電話があったのだ。数日前、愛実さんから『大学の数人でパルパルへ行こう』と誘われた、と。

パルパルとは、西区《にし》にある遊園地の名称で、子供のころには行っていたけれど最近はご無沙汰している。夜はライトアップされているらしく、リア充な人たちは訪れているそうだけど。

みんなで行くなら、と奏太も承知したそうだ。

しかし昨日の夜、実は愛実がふたりきりで行く作戦だった、ということが露呈《ろてい》。行くはずだった友達は誰も来ないことが判明したらしく、奏太が泣きついてきたのだ。

私にしてみれば奏太と遊園地に行くなんて夢のようだし……。違う、彼の安全も守れる、ということで参加することにしたわけ。

しかし……と、愛実さんを観察する。

愛実さんは入場ゲートをくぐったあと、すぐに奏太の横を陣取り、まるで私がいないかのように話しかけている。恋をしているのがバレバレだし、その作戦は奏太には通用しない。積極的な人が苦手、ということを教えてあげたくなる。

むしろ私は、奏太の対応に若干の不機嫌を覚えている。

その気がないなら誘いを断るべきだし、なんで私まで連れ出すの？

うれしさと切なさが同じぶんだけ生まれ、それを打ち消しながら歩く園内。アスファルトが熱せられ、ゆらゆらと観覧車が揺れて見える。

まさか、運命はここで彼を連れていかないよね。遊園地で事故が起きたとしたら大変なことになるだろうし、守り切れる自信がない。

真壁先生もお母さんも、私の話を信じてくれた。だったらいっそのこと、奏太にすべてを話してしまおうか。

「それはダメ」

口のなかでつぶやく。やさしい奏太は、真実を知れば二度と私のそばに近寄らず、運命の日をひとりで迎えるだろう。

それくらいやさしい人なこと、誰よりも知ってるから。

秘密は、人との距離を遠ざける。言いたいのに言えないことが、奏太への態度をぎこちなくさせ、私から言葉を奪っていくようだ。

メリーゴーランドの馬に座り、くるくる回る世界をぼんやりと眺めた。前にある二頭の馬に奏太と愛実さんが並んで座っている。大学の友達の話か、奏太がおかしそうに笑っている。

お母さんからの忠告はちゃんと胸に響いてる。それでもやっぱり、奏太になにかあったなら、迷わず私は時間を巻き戻すだろうな。

それが正しいことかどうかはわからない。

ねえ奏太、私の気持ちなんて知らないよね。知らなくていい。知らずにいてほしい。

だけど、もしも私が奏太の身代わりになる最後の瞬間だけ、そばにいてほしいんだ。

それって贅沢なのかな……。

メリーゴーランドを降りたところで、奏太にバイト先から電話が入った。

「ちょっとトラブル。ついでにトイレ行ってくるから、先になんか乗ってて」

スマホを耳に当て小走りで駆けていく奏太が、陽炎《かげろう》のなかに消えてしまいそうで不安になる。

ああ、悲しい感情ばかりが梅雨空のように毎日を覆っている。天気のせいか、さっきから急に身体が重い気がしている。

「ねえ」

まぶしそうに目を細めながら愛実さんが言う。

「咲希ちゃんて、奏太の幼馴染なんでしょう？」

「はい」

「昔からよく一緒にいるの？」

「はい」

「いつから好きになったの？」

赤い唇で薄く笑みを浮かべる愛実さんに、返事が遅れた。

「……いつって」

「好きなんでしょう?」

私は今、どんな顔をしているのだろう? きっとこわばった顔に無理やり笑みを浮かべようとしているのだろう。

彼女はとっくに私の気持ちなんて見抜いているんだ。

答えない私に愛実さんは、小首をかしげてから笑みを消した。

「私も同じなの。本当なら『帰って』って言いたいところだけど、そんなこと言ったら彼に嫌われちゃうでしょう」

「………」

「だから今日は仕方ない。でも、急に割りこんでくるのはルール違反だよね?」

子供に諭《さと》すようにやさしい言いかた。はたから見れば、私たちは仲良しの姉妹みたいだろう。

「すみません」

恋にルールがあるのなら、嘘の約束を取りつけた愛実さんだって違反していることになる。そこにも気づかないほど、誰もが恋に視界を奪われる。まるで激しい雨のなかで立ち尽くしているみたいになにも見えなくなる。

「奏太はあなたのこと、ただの幼馴染だって思っているの。つまり、恋愛感情はない、ってこと。なのにしつこくするなんて、奏太がかわいそうじゃない」

「はい、でも……」

「ああ、ほんと子供ってわけがわかんない。そこまで言われてどうして引っついてこられるんだろ。はっきり言って邪魔なんだけど」

口調がきつくなっている。私を追い詰めるように愛実さんは、あの事故の時と同じような目で私をにらんだ。

「わかってるなら帰ってくれない？」

「すみません。でも、今日はどうしても一緒にいたいんです」

「……そう」

そこまで言われても私が「帰る」と言わないことを理解したのか、愛実さんは大きく息を吐いてから笑みを浮かべた。

「喉、渇かない？」

覗きこむようなポーズに、甘い香水の匂いがふわりとした。

「あ、いえ……」

「私、喉渇いちゃった。おごってあげるからなにか買ってきてくれない？」

バッグから財布を取り出す愛実さんは、奏太とふたりきりになりたいという気持ちが全身からあふれている。

「わかりました」

たしか階段をおりたところに自動販売機があったはず。

歩きだすとすぐそばに浜名湖《はまなこ》の青が見えた。まるで空とつながっているような景色が広がっている。

なぜだろう、ひどく疲れている。風邪は治ったはずなのに、ぶり返したり体調が戻ったりが続いている。階段の上で手すりに手を置き、深呼吸する。

……大丈夫、まだ生きている。

奏太の運命を変えられる期限は、おばあちゃんの家が取り壊されるまで。それまでにあと何度、私は時間を巻き戻すのだろうか。

しっかりしないと。自分に言い聞かせ階段をおりようとしたときだった。

「咲希！」

奏太の大きな声がして振り向くと、

「え……」

すぐ目の前になぜか愛実さんがいた。なぜか愛実さんは目を見開き、驚いた顔をしている。

うしろから奏太が駆けてきたかと思うと、愛実さんの身体を乱暴に押しのける。

「ちょっと、奏くん――」

「いいから」

聞いたことのないくらい低い声。愛実さんとの間に立ちふさがった奏太に、彼女はうつむいている。

「鈴本さん、今日はもう帰ろう」

意味がわからない。奏太の腕をつかむけれど、怒ったようなあごのラインが見えるだけ。いったいどうしたんだろう……。手すりに置いた手になぜか力が入る。

数秒黙ったあと、奏太は肩で息をついた。

「ごめん。俺、バイト代わらないといけなくなってさ。だから、ごめん」

「あ……そうなんだ」

うつむいたまま愛実さんはうなずく。まるでしおれた花のように生気のない声だった。

「じゃあ私……もう少しここにいるね」

背を向けて歩き出す愛実さんに戸惑いを隠せずにいると、奏太がチラッと私を見た。

迷ったように前歯で下唇をかんでから、奏太は顔を前に向けた。

「鈴本さん」

彼女の足が、二歩進んで止まった。

「俺、咲希のこと幼馴染って言ったけど……それだけじゃないから」

「…………」

愛実さんは振り向かない。熱い風が頬に当たり髪を乱した。

「俺にとって、大切な存在だから」

聞き間違いかと思った。ぽかんとする私に、奏太の顔が赤くなるのがわかる。金魚のように口をパクパクすることしかできない。

気づくと愛実さんの姿は角を曲がって見えなくなるところだった。

「よし」

奏太は大きく息をつくとひとり歩きだす。

「え、ちょっと……ちょっと待って」

「待たない。帰るぞ」

「待ってって！」

早足で歩く奏太になんとか追いついたのは、入場ゲートの近くまで戻ったときだった。突然足を止めた奏太がゆっくり私のほうをふり返った。

息があがる。胸が騒ぐ。心臓の音がすぐ近くで聞こえている。

さっき、奏太が言ったことって……本当なの？

どんどん強くなる風が気持ちとリンクしているようで、髪を直すフリで口をつぐんだ。もし今なにかしゃべったら、おさえていた気持ちがぽろぽろこぼれてしまいそう。

「さっきはごめん」

咳《せき》ばらいのあと、奏太はあたりに視線をやった。園内に流れる音楽が風で大きくなったり小さくなったりしている。

「ふたりきりになるとわかった時点で断るべきだった」

「あ、うん……。でも、あんなふうに――」

「冗談だから」

奏太が目を細めて私を見て笑う。

「さっき言ったこと、冗談だから気にしないで」

奏太の言葉は簡単に、私をよろこばせたり傷つけたりする。

それでも、その傷は絶対に見せない。

「だと思った」

なんて、彼と同じように笑ってみせるの。


お盆近くになり、仮の住まいであるおばあちゃんの家に来客者が増えた。取り壊される前にもう一度見ようと、親戚の人たちがやってきたし、解体業者の見積もりも来た。そのたびにお父さんが会社を休んだり、日曜日でも相手をして大変そうだった。

そういうとき、私は家に避難していることが多かったけれど、その日は違った。朝一で亜弥から電話があったのだ。

『これから咲希のおばあちゃんの家に行ってもいい？』なんて言われ、珍しいこともあるな、と了承したけれど、そもそも亜弥はここに来たことがないのに。

理由を尋ねる私に、亜弥は『なんでもいいじゃん』と、彼女がめんどくさくなったとき口にする台詞《せりふ》で答えた。

電話を終え、いつものように仏壇にろうそくをともし、おじいちゃんとおばあちゃんの写真をぼんやり眺める。

この数日やけに疲れているのは、来客が多かったからだろうか。時間を巻き戻したときに感じた気持ち悪さではなく、ただの夏バテかもしれない。

ひょっとしたら、世界にはいくつか不思議なラジオがあって、それを使って誰かが時間を巻き戻しているせいで、世界中が同じ時間を繰り返しているのかも。もしもそうなら、私が時間を巻き戻すたびに、こんな疲れを世界中の人に与えていたんだろうな……。

毎晩、ラジオに話しかけたり耳を引っつけたりしているけれど、おばあちゃんの声は聞こえない。

「おばあちゃん、どうかこの家がなくなるまでの間、奏くんを守ってね」

もちろんラジオを処分したからといって、奏太の運命が変わるという確信はない。むしろ、先延ばしにしていた運命が帳尻を合わせるかのごとく押し寄せる可能性だってある。

チャイムの音に振り返ると、伊吹じいが玄関に立っていた。

「あ、おはよう」

てっきり亜弥が到着したかと思ったけれど、浜松駅からここまではずいぶん時間がかかる。今ごろバスに乗っているだろう。

伊吹じいは、真夏というのにいつも通りのワイシャツにスラックス姿だ。大股でリビングに入ってくると、やおら顔をしかめた。

「ろうそくなんか使ってからに」

「朝の挨拶をしてるだけ。すぐに消すって」

伊吹じいはソファにどかっと座ると、まるでくじらが潮を噴き出すくらいの大きなあくびをした。

「なに、ここで寝るつもり？　これから友達が遊びに来るんだけど」

「友達？　男か？」

「そんなわけないでしょ。かわいい女子だよ」

眉をピクンと動かす伊吹じいに熱いお茶を淹《い》れることにしてキッチンへ向かう。お湯を沸かしつつ茶葉を取り出していると、伊吹じいはすでにうとうとしている様子で、身体をゆっくり前後に振り出している。

「伊吹じい、疲れてるの？」

「ああ」と目を開けた伊吹じいが伸びをした。

「最近眠くてなあ。歳なんだろうよ」

見ているとこっちまで眠くなってしまいそう。

やかんがシューシュー音をたてはじめ、湯気が薄く生まれている。

「ね、前にさ、おばあちゃん、言ってたよね？　『おじいちゃんとはラジオで話をしている』って」

「ああ――そうだったかな？」

お茶をテーブルに置くと、伊吹じいは早速口に運び、熱さに目を白黒させるので笑ってしまう。

なんとか落ち着いた伊吹じいが、「たしか……」と宙を見た。

「咲希ちゃんのお母さんにこのラジオをもらったとか言ってたな。不思議なラジオだって興奮してたなあ。健三郎《けんざぶろう》……あ、じいさんの声が聞こえるとかなんとか」

「このラジオを通じ、亡くなったおじいちゃんと話をしてたってことだよね？」

身体を乗り出し尋ねると、伊吹じいは右手を横に軽く振った。

「ないない。どうせ夢でも見たんだら。あのふたりは生きてるときでもえらい仲がよかったからな。うちのばあさんとは大違いやて」

どうやら伊吹じいは信じてなかったらしい。私だって、実際に体験しなければ信じなかっただろうし……。

「こらっ」と声が聞こえた。見ると、伊吹じいが立ちあがって仏壇のろうそくを消しているところだった。

「あ、忘れてた」

「火事になったら大変だから、ろうそくは禁止。それより、咲希ちゃん顔色がすぐれないけどまだ風邪が治らんのか？」

「メイクしてないだけ。だって、いきなり来るんだもん」

なんとかそう返す私に、伊吹じいは、「そっか。寝る」と言ったかと思うと大股で玄関へ向かう。本当にせっかちな人だ。

「ねえ、奏くんは？」

何気なくを装って尋ねると、伊吹じいはニヤリと不敵な笑みを浮かべた。

「寝てる。なに、気になるんか？」

「違う。最近顔を見てないから、どうしてるのかなって」

ごまかすけれど、伊吹じいはニヤニヤしたまま帰っていった。ああ、絶対にヘンな風に言われてしまう。私も愛実さんと同じで顔に出やすいのかも。これからは気を付けないと。

ソファの上でごろんと横になる。

次に会ったらどんな顔をすればいいのだろう。

遊園地での一件以来、なんだかモヤモヤした日々が続いている。奏太はあの時、愛実さんの気持ちに気づき、とっさに私が大切な人だと嘘をついた。

ただ、それだけ。それだけなのに、それがすごいことで……。

「ああ、もう」

左腕をまぶたの上にかぶせた。

あの日言われた言葉が頭に残って離れてくれない。同じくらい、『冗談だよ』と言った奏太の言葉もこびりついている。

私の体調がすぐれないのは、恋のせいだ。

恋なんて、どうして人はしてしまうんだろう。片想いは、苦しくて切なくて、報われたかと思ったら次の瞬間には落ちこんでいて……。

そもそもおばあちゃんの家の向かい側に奏太が住んでいなければ、ここまで仲良くなることもなかっただろう。おばあちゃんが子供との同居を拒んだから、毎週食事会も開催されたわけで。

「ぜんぶ、おばあちゃんのせいだからね」

写真立てのおばあちゃんを責めてみても、完全に八つ当たりだって、自分でもわかっている。

おばあちゃんのせい、じゃなく、おばあちゃんのおかげで、奏太の運命を知ることができたのだから。

十分後、チャイムが亜弥の到着を知らせた。

おそらく夏休みの課題を見せてとか、彼氏のグチとかだろうな。そんなことを思いながら、

「開いてるよ」

ソファに横になったまま伝えた。

ドアが開き亜弥がひょっこり顔を覗かせた。白いシャツにひまわり色のスカートがよく似合っていて、メイクもバッチリ。まるでデートにでも行くみたいにきまっている。

「おはよう。迷わなかった？」

「おはよ。咲希、あの、ね……」

「どうぞ、入っていいよ」

伊吹じいに負けないくらいの大きなあくびをしてしまう。

「朝っぱらから大きなあくびだな」

亜弥の声が男性の声に変わったのでギョッとして目をやると、信じられない人が咲希の隣に立っていた。

「真壁先生？　え、なんで？」

突然のことに口をあんぐり開ける私に、亜弥は両手を祈るように合わせた。

「ごめん。さっき、浜松駅で偶然会ってね。ここに連れてこいって命令されたの」

「命令なんて人聞きが悪い。取引を持ちかけただけだ」

胸を張ってそんなことを言うけれど、話についていけてない。

「取引って？」

「それは……」

言い淀《よど》む亜弥に真壁先生は口の端をあげた。どうやら笑っているらしい。

「夏休みの課題を出さなくてもいい、ってことにしたんだ。ただし物理に限るけど」

「職権乱用じゃないですか」

なんなの、この流れは。亜弥は「ごめん」とうなだれている。

「どうして先生が私の家に……あ、ラジオ？」

「当たり前だ。加藤のばあさんの家に来る理由なんてひとつしかないだろうが。これを処分するって聞いてな」

真壁先生はさっさとリビングに足をすすめると、ラジオの前に片膝をついて座った。学校にいるときと同じよれた黒いシャツに紺のズボン、さすがに白衣は着ていないけれど、髪はボサボサだ。

「お盆が終わったら、家ごとぜんぶ処分するんです」

「ならばこれを俺に譲ってほしい」

顔だけこっちを向け、真壁先生はそう言った。

「ムリです。遺言書に処分するように書いてありました。特に、このラジオは絶対だそうです」

お父さんが親族の人に遺言状の説明をしたときに私も話を聞いた。

『この家を処分し土地を売る。合計金額を兄妹で均等に分ける。処分とは売るのではなく、廃棄処分でありラヂヲを含めて例外は認められない』

おばあちゃんらしい大きめの文字でそう書かれてあった。

「そこを頼みたくて来た。このラジオが必要なんだ」

「ねえ」隣の亜弥が私の腕をつつく。

「なんでそんなにラジオにこだわるの？　ケチケチしないであげればいいじゃん。それより、あたし孝弘くんと約束があるんだけど」

なるほど、デートってわけか。どうりで靴も脱がずソワソワしているはずだ。

「友情を裏切って連れてきたんだから、責任持って連れて帰ってよ」

「やだ、人聞き悪いこと言わないでよ。あたしは咲希を孝弘くんに紹介したくて来たんだよ。これから三人で親睦会をやるの。サプラーイズ！」

あはは、と声に出した亜弥は、私がムッとしていることに気づいたのか、尻切れトンボに口をつぐんだ。

「だってぇ。どうしても、って言うからさ……」

「元々、今日遊ぶ約束なんてしてないでしょ」

朝、連絡があった時点で疑うべきだった。その間にも、真壁先生は勝手にラジオをいじっている。

「触らないでください」

「譲ってもらえないなら、せめて触るくらいは、いいだろ」

にべもない返事の真壁先生はラジオを熱心に調査しだしている。亜弥はジリジリと玄関のドアへ後退している。なんなの、この状況は。

「亜弥」

「……ん？」

まさにドアに手をかけようとしていた亜弥が慌てて笑みを浮かべる。

「まさかひとりで逃げ出そうとしてないよね？」

「ま、まさか」

「真壁先生と一緒に帰ってよ。教師と生徒が同じ家にふたりっきりに、なんてヤバすぎる。なにかあったら亜弥の責任だからね」

「アホか」

真壁先生がため息をついた。

「天地がひっくりかえっても、間違いは起きないから安心しろ」

「それは真壁先生の意見でしょ。周りの人が見たらどう思う？　うちの母親がＰＴＡに怒鳴りこんだら？　こないだ自分で言ってたことじゃないですか。亜弥、とりあえず騎月くんに『遅れる』とか『家で待ってて』とかメールして、今すぐに」

今すぐに、を強調すると観念したのか亜弥はスマホを取り出した。

「一時間だからね。てか、なんであたしがこんなことに巻きこまれなくちゃいけないわけ。せんせー、そのラジオって一体なんなんですか？」

不平たらたらの亜弥に心のなかで、それはこっちの台詞と、ツッコミを入れた。

結局、コーヒーを三人分淹れ、私と亜弥はソファに座って見学することになった。

真壁先生は持参した何冊ものノートを時折見ながら、ラジオのスイッチを触っている。

そのたびにノイズや番組のＢＧＭが近づいては遠ざかる。まるで波の音みたいだ。

真壁先生は、いかにこのラジオが不思議なのか説明したかったようだけど、専門用語だらけで、理解しているつもりの私でも難しい内容だった。

あきらめそうになる亜弥にフォローを入れると、亜弥は最初はゲラゲラ笑って、最後には眉をひそめて黙りこんだ。

たっぷり時間をとってから、亜弥は私に視線を向けた。

「つまり、死んだ人と話ができるってこと？」

「話はできなかった。本当のラジオみたいに一方通行な感じ。最初はおばあちゃんが私に話をしてくれているようだったけれど、奏くんになってからは過去の会話をこっそり聞いているような感じ」

正直に答えるが、亜弥はますます眉間のシワを深くして真壁先生に「ね」と声をかける。

「あたしも亡くなったおばあちゃんと話ができるの？」

「ラジオの持ち主じゃないと厳しいだろう」

「時間を戻せるのも本当のこと？」

「さあな」

無愛想に答えた真壁先生が、思い出したかのように冷めたコーヒーを飲む。

「仮説のひとつだし、俺も実際に使った人と会ったことがなかったから」

「どの家にあるラジオも、そういうことが可能ってこと？」

腕を組み考えるポーズを取る亜弥に、真壁先生は肩をすくめた。

「そんなことあるわけないだろ」

「でも、咲希はできたんでしょう？」

「できるとかできないとかの問題じゃない。こっちの意思じゃなく向こうからの発信なんだから。こっちには拒否権はないんだよ」

「なにそれ意味がわかんない」

はあ、とわざとらしくため息をついた真壁先生が亜弥を見た。

「なんでも人に聞くな。ちょっとは考えろ」

「そんな言いかたなくない？」

「これ以上どうやって説明しろって？　そんなんだから赤点取るんだよ」

あ、ヤバい。そう思ったときには亜弥はもう勢いよく立ちあがっていた。

「なによ！　人がせっかく聞いてあげてるのに！」

顔を真っ赤にして怒る亜弥。今の説明じゃ誰だって怒るに決まっている。

「亜弥、座って。真壁先生もちゃんとわかりやすく言わないと、こんな不思議な話、私だって信じられないんだから」

「ああ、もう」髪をくしゃくしゃとかきまぜたあと、真壁先生はあぐらをかいた。

「誰でも亡くなった人と会話ができたり、時間を戻せるとしたら大変だろ。特に時間の巻き戻しは、全人類が同じ時間をやり直すことになるから影響が大きい。だから、簡単に使ってはいけない」

最後のほうは私の目を見て真壁先生は言った。

もう亜弥は真面目に聞く気がないらしく「ふん」と子供みたいに鼻から息を吐き玄関へ向かう。

「バカみたい。あたし、信じないからね」

「亜弥！　ふたりきりにしないでよ」

慌てて追いかけるけれど、亜弥はさっさと靴を履いてしまう。

「知らない。先生、その意地悪な性格直したほうがいいよ。そんなんだから離婚されるんだよ。じゃあね！」

捨て台詞を吐いていなくなった友。それはないよ、亜弥……。

困ったな、とふり返ると真壁先生が立ちあがっていた。

「参ったな」

「ですね」

少しは反省したのかと思いきや、

「なんで加藤、あいつを捕まえておかなかったんだよ」

なんて責めてくる。やっぱり真壁先生との会話は困難だ。

「まあいい。また出直してくる」

「もう来なくて結構ですから。それに何度頼まれてもラジオはお譲りできません」

わかってるよ、とでも言うように片手を挙げたあと真壁先生が靴を履いた。

ふと、疑問が胸に生まれた。

「真壁先生は、どうしてあのラジオについて調べているんですか？」

一瞬動きを止めた真壁先生が靴を履き終えると、やけにゆっくりした動きで顔をあげる。

メガネ越しの瞳に悲しみが浮かんでいる気がして、胸がドキッとした。

なにも言わずに出ていく先生を追いかけた。このまま行かせてはダメだと思ったから。

隣に並ぶ私を気にせず、真壁先生はしばらく無言で歩き続けた。道の向こうからさっき出ていったはずの亜弥が歩いてくるのが見えた。

「亜弥！」

声をかけると亜弥は駆けてきた。

「やっぱり気になっちゃって……。こんな危ない人とふたりきりにして、ごめん」

チラッと真壁先生を見ると、彼はぶすっとした目で亜弥をにらんだ。間に割りこむように「大丈夫」と答える。

「もう帰るところだから、一緒にバス停まで行こう」

「うん」

三人で並んで歩く道の両端には、日々成長を続ける稲の緑が揺れている。バス停まで到着するが、次のバスは二十分後だった。

亜弥がベンチに座り、私もその隣へ。

真壁先生はぼんやりと田んぼを眺めている。亜弥も雰囲気がおかしいことに気づいたのか黙っている。

どれくらい経ったか、ふいに真壁先生が私を見た。

「あのラジオはさ……元々、うちにあった物なんだよ」

「え!?」

風が私たちの前を通り抜け、稲穂に模様を作り、消えた。

「うちの先祖が持っていたものらしい。いつの間にかお前のひいばあちゃんに渡り、今はここにある。といっても俺が生まれるずっと前のことらしいが」

「どうして……」

「理由はわからない。でも俺は、ずっと探してきたんだ。外国に売られたと思っていたが、まさかこんな近くにあったなんて驚きだよ。今、加藤をぶんなぐってでも奪いたい気持ちがある。それを必死におさえているところだ」

冗談っぽい言いかただけど、本気の割合もかなり多めだろう。

「そんなことしたら、あたしが先生を痛めつけてやるから」

低い声で亜弥が言った。真壁先生は声にせずに笑うと、軽く首を横に振った。

「処分業者を買収するさ」

「それは困るんです。だって、まだ奏くんの運命を元に戻せていないんです」

私の訴えにも真壁先生はどこ吹く風。

「ラジオを処分したって運命は変わらない。奏太の運命はもう決まっているんだよ」

風の行方を探すように遠くを見つめている。

わかるよ、わかる。私だって何度もそのことが頭に浮かんではくじけそうになっている。

「それはあくまで真壁先生の調査の結果ですよね？　実際がどうかなんて、誰にもわからないはずです」

明日のことなんて誰にもわからない。過去に調査したことが正しいとも限らない。

真壁先生は軽くうなずいた。

「たしかにそうかもしれないな。ありもしない幻想に俺たちは追い詰められているのかもな」

バスが遠くからやってきたのを見て立ちあがった亜弥が、ひとつ大きく息をついた。

「やっぱりふたりの話していることって意味不明。夢でも見てるみたい」

一緒に笑いながら、私は思う。

夢だったら、そう……ぜんぶ夢だったらどんなにいいか。

パッと目が覚めてすべて元通りになるなら、こんなにうれしいことはないだろう。

ふたりを見送ると、またひとりに戻る。

さっきまで近くに誰かがいたのに、今はもういない。当たり前のことなのに、なぜか胸にこたえる。

ああ、と足が止まる。

少し歩いただけで苦しくなっている。もう何時間も歩いている感覚だ。

時間を巻き戻すことは身体に相当負担をかけるのだろう。まるでずっと風邪を引いているみたいに頭がぼんやりしている。

おばあちゃんは、こうなることを見越していて、ラジオを処分することを遺言状に書いたのかもしれない。

……なんて、弱気にもほどがある。どちらにしてもあと一回でも時間を巻き戻したなら、私の命が終わってしまうだろう。それくらい、死のにおいをそばで感じている。

「だったら、どうすればよかったの？」

つぶやいても誰も答えてくれない。

この世には、答えの出ないことが多くて、年齢を重ねるごとに多くなっていく感じ。大人になったらもっと悩みは多くなるのかな。その悩みが消えるくらい、うれしいこともたくさんあるのだろうか。

「奏くん……」

つぶやく声は風に溶けて消えていく。

奏太のためにできることがなにひとつない。それを認めるのが怖かった。

いっそのこと、奏太にすべてを話してしまおうか……。

お母さんや亜弥にまで話をできたのに、当事者である奏太に言えない理由なんてない。

そうだよ、はじめからそうすればよかったんだ。

信じてくれなくてもいい。せめてラジオを処分するまで安全なところにいてもらえればいいんだ。『勝手にいなくならないで』って約束させて、お盆が終わるまでずっとそばにいればいい。

足が自然に速まる。奏太は……家にいるって伊吹じいがさっき言ってた。バイトがあるなら休んでもらおう。

奏太の家の前に来ると、もどかしくチャイムを押した。

けれど、誰も出てこない。しばらく待ったけれど、反応はなかった。

それなら奏太のバイト先まで行こうか。緊急事態だし、そうしなくてはいけない気がしている。

財布とスマホを取りに行き、ダッシュでバス停に行けば次のバスに間に合うはず。

急いでおばあちゃんの家の玄関へ向かい、ドアを開けようと手を伸ばす。すると、私が開けるよりも先にドアが開いた。

目の前に奏太が立っていた。

「え……びっくりした」

素直な感想に奏太も驚いた顔をしている。

「それはこっちの台詞。ちゃんとカギをかけてから出かけろ、っていつも言ってるだろ」

「亜弥を送ってっただけだし、すぐ戻るつもりだったから。てか、なんでいるの？」

言い訳をする私に奏太が不思議そうな顔をした。

「じいちゃんが『咲希が呼んでる』って言うから来たんだよ。なんの用？」

さっき奏太のことを尋ねたからだ、とすぐに思い出す。そうなると今度は私の分が悪い。

「別に用事があったわけじゃなくってね。あの……最近会ってなかったからどうしてるかな、って」

ラジオのことを言えばいいのに、なぜかごまかしてしまった。

「あー、遊園地のこと、悪かったな」

顔を曇らせる奏太に慌てて手を横に振った。謝罪を聞きたいんじゃないのに、会話がかみあわない。

ぜんぶ、私が奏太を好きになったせいだよね。マイナスな気持ちをぐっと堪《こら》え、さっき思いついた考えを言葉にすることにした。

「あ、あのね……用事あったんだ」

「ん」

「おばあちゃんのラジオのことなんだけど――」

「悪い」

急に奏太が私の横をすり抜けて歩道に立った。

「心配させたくなかったから言えなかったんだけど、夏風邪引いて寝こんでたんだ」

「え、そうなの？」

「もう大丈夫。でも、まだ完全に治ってなくてさ。うつすとまずいし、また今度話を聞くわ」

よく見ると奏太の目は腫《は》れぼったく、着ているものも寝巻きがわりの黒いジャージだった。

「わかった。お大事にね」

手を挙げ家に戻っていく奏太を見送ってからリビングに。なんか、またひとつ罪悪感が上塗りされた気分。

好きな人の体調の悪さも気づかないなんて。

ラジオの前に座り、スイッチを入れる。毎日の日課にしているけれど、前回時間を巻き戻した日以来、ラジオは過去をささやいてはくれなかった。

電源を入れ、つまみを回す。

ノイズを聞くようにスピーカーに耳を当て目を閉じた。

「おばあちゃん、本当にこのラジオも処分するの？　それなら、奏太の運命もなかったことにしてくれる？」

返事代わりのノイズは、もう空の彼方にある声を届けてくれない。

それでもいい。それでもいいから、せめて奏太だけでも助けたい。

子供のころからいつも一緒だった。いるのが当たり前で、これからも変わらないはずだった。

奏太がいなくなった世界なんて意味がないの。

悲しみがまたやってくる。目じりに涙が浮かび、あっけなくこぼれ落ちた。でも、前までの悲しみとは違う。

「私、がんばるから。だからおばあちゃん、見守ってください」

涙声で決意を口にすれば、これまで感じたことのない力を感じた。

奏太のことを守る、という決意にも似た強い気持ちがあふれている。

第六章　さよならを言えるまで

三ヶ日駅の自転車置き場で自転車を降りた。

ちょっと走っただけなのに汗だくになっている。ハンカチで額ににじんだ汗を拭きとり、階段の下で息を整えた。

小さな駅舎に併設されているグラニーズバーガーには、これまで一回だけ来たことがある。このハンバーガーショップは、クラスメイトのあこがれの場所。

『好きな人と三ヶ日みかんサイダーを飲むと、その恋はうまくいく』というジンクスは、元々はこのグラニーズバーガーがはじまりだと最近知った。

亜弥の例を見る限り、今のところジンクスは破られていないらしい。

切符の券売機の手前にあるドアを開けると、クーラーの風が身体に心地よかった。

駅舎と同じく木で統一された店内に「いらっしゃいませ」の声が続く。

奥の席に、彼女——愛実さんはいた。

私を見つけると立ちあがり長い髪を気にしながら頭を下げる。

「お待たせしました」

声が硬くなってしまう私に、愛実さんは消え入りそうな声で「ううん」と言った。

「あの、ごめんね。飲み物だけ頼んでおいたの」

テーブルの上には三ヶ日みかんサイダーの瓶と氷の入ったカップがある。

ずいぶん待たせたのか、カップの表面についた水滴がこぼれテーブルにシミを作っていた。

昨日の夜、愛実さんからSNSでメッセージが届いたときには驚いた。彼女はもう二度と私の人生には現れないものだと思っていたし、あんなさよならの仕方をして気まずかったし。

愛実さんは『どうしても会って謝罪をしたい』と繰り返し書いてきて、半ば押し切られる形でここで会う約束となった。もちろん、今日会うことは奏太には内緒だ。

またなにか言われるのかも、という不安は、会ったとたんに吹き飛んだ。それは、目の前にいる愛実さんは前とはまるで別人だったから。

メイクも薄く、少しやせたようにも見えた。

「今日は時間を作ってくれて本当にありがとう。私、どうしても咲希さんに謝りたくって……」

愛実さんはそこまで言うと、ジュースを少し飲み、

「ごめんなさい。本当にごめんなさい」

これ以上下がらないくらい頭を下げた。

「あのときは、私が勝手についていってしまったんですから。急に来たら驚きますし、私だって不機嫌になっちゃうかもしれないし」

けれど、愛実さんは私の言葉に傷ついたような顔をした。そして、細い手のなかに

あるハンカチをギュッと握ると、

「ううん。そうじゃない、そうじゃないの……」

うめくような声のあと、嗚咽を漏らした。予想外の展開に驚くし、隣のカップルもギョッとした顔をしている。

「顔をあげてください。これじゃ私がいじめているみたいに思われます」

「そうじゃないの。私が謝っているのはそのことだけじゃなくて――」

迷ったように口を閉ざした愛実さんの瞳から、とめどなく涙がこぼれている。

「私……前にも言ったけれど、奏太のこと好きだったの」

「はい。見ていてすごく伝わりました」

はじめて会ったときから知ってたよ。

少しだけ倫に似てる気がする。思ったことをそのまま口にして行動するところとか恋愛にまっすぐなところとか。

「だよね」とうなずくと愛実さんは肩で何度も息をついた。

「奏太と近づきたくて、大学でもがんばったし、友達にも応援してもらっていた。あの日も、ふたりきりでデートできるように協力してもらって……バカだよね。そんなことで、奏太を振り向かせようとしてたなんて」

「いえ、そんなこと……」

うまく答えられないでいると、愛実さんはゆっくりと首を横に振った。細い髪がさらさらと揺れた。

「咲希さんにはじめて会った時、すぐにわかった。きっと、奏太のことが好きなんだろうって。女性の勘、ていうのかしら。それとも直感かな。遊園地に来たときに確信に変わったの」

少し落ち着いたらしくやわらかい声になっている。私はなにも言えない。

肯定しても否定しても、目の前の彼女をもっと傷つける気がしたから。

あまりにまっすぐに見つめる、その視線に耐え切れず、自分の視線を店内に逃がす私。すう、と息を吸う音のあと、愛実さんは言った。

「遊園地で……私、咲希さんを階段から突き落とそうとしたの」

店内に流れている洋楽が一瞬聞こえなくなった。突き落そうとしたの、ってなんのこと？

「え……それって、私のことを？」

人差し指で自分を指すと彼女は小さくうなずいた。

「今になれば、なぜあんなことをしたのかわからない。咲希さんさえいなければ、って思ってしまったの。奏太が声をかけてくれなかったら、取り返しのつかないことをしてしまってたと思う」

言われて思い出した。奏太に大声で名前を呼ばれ振り向いたら、すぐ目の前に愛実さんがいたんだ。

まさか、突き落そうとしていたなんて思いもしなかった……。

「本当にごめんなさい。奏太は私の態度を見て、なにをしようとしていたのか気づいたと思う。だから、逃げるように去ってしまったの」

ぼろぼろと泣く愛実さんを見ていると、怖さや怒りよりも、違う感情がむくむくと大きく育つのがわかった。

彼女はただ奏太のことが好きなだけ。自分の感情のまま行動した結果があれだったんだ。

「うらやましいです」

そう言った私に、今度は愛実さんが戸惑ったようにまばたきをした。

「私もはじめて会った日、愛実さんは奏くんのことが好きなんだな、ってわかりました。だって愛実さん、黙ってても全身で『好き』って叫んでいるみたいだったし」

「……うん。友達にも言われるし、きっとみんな少しヒいてると思う」

しょげる愛実さんを嫌いになることは難しい、と思った。

「私は奏くんのことが好きだけど、いっつも頭で考えちゃうんです。そのあと、自分の感情に蓋をして見なかったことにする。その繰り返し。愛実さんみたいに、素直に表に感情を出してみたい。でも、できない」

奏太を好きだという自分の気持ちを知ってから、はじめは幸せだった。誇らしくもあったし、誰よりも近くにいられることがうれしかった。

でも、だんだん苦しさの割合が多くなっていき、今では必死で否定をしたり隠したりしている。

大きく洟をすすった愛実さんが長いまつ毛を伏せた。

「感情を出しすぎるのも問題だよ。そのいい例が私。うまくいったためしがないもの」

「私もです」

しんとして、それから私たちは意味もなくうなずき合った。

真逆な性格のふたりが、同じ恋に泣いているなんて不思議。三ヶ日みかんサイダーの炭酸もシュワシュワと泣いているように思えた。

店を出ると愛実さんは、もう一度私に頭を下げた。彼女は「ちゃんと幸せになれる恋を探してみる」と言い、改札口へ消えた。その背中を見送ってから私も歩き出す。

やっとお互いを理解できたけれど、もう私が愛実さんに会うことはないだろう。

そう思うと、少しだけさみしい気がした。

自転車置き場に行き、スタンドを外してまたがる。

漕ぎだせば夏の風が顔にぶつかってくるけれど、じっとしているよりは涼しい。線路沿いの道は長い下り坂。それでも漕ぎ続けた。

漕いで漕いで、奏太への気持ちを引きはがしてしまえればいいのに。

幼馴染への恋はあきらめるのが難しいと思った。この道も、先に見える浜名湖も、商店街の古ぼけた看板ですら、奏太との思い出が詰まっているから。

平らな道に入ると同時に向こうから青いワーゲンが来るのが見えた。あれは、伊吹じいの車だ。

私が物心ついたときから同じ車に乗り続けているのですぐにわかる。走行キロ数はメモリをひと回りしていて、塗装も私が知っているだけで二回塗りなおしている。

ガクンガクンと跳ねるようにして停まった車から伊吹じいが顔を出した。

「咲希ちゃん」

恋モードを無理やり飲みこんでから車に近づく。

「どこか行くの？　てか、車乗っていいんだっけ？」

高齢ということもあり、伊吹じいの息子さんからは免許の返納を勧められていると聞く。最も、伊吹じいにそんなつもりはないらしいけれど。

「この町で車に乗らんでどうやって生活するんやて。そんなことはええて、ちょっと車に乗って」

「乗ってって言われても、自転車が――」

言いかけて気づく。後部座席に乗っているのは、倫だった。

「やほ。自転車はボクが乗っていくからね」

車から降りると倫は、当たり前のように私の自転車を受け取る。

「…どういうこと？」

「いいからいいから。ついでにコンビニ寄ってくから、またあとでね」

軽々と自転車に乗ると倫は去っていく。ぽかんと見送ってから助手席に乗りこんだ。

「ね、どこに行くの？」

「シートベルトして」

私の質問には答えず、伊吹じいは向きを変えて走りだした。家とは逆方面だ。

「なんか怖いんですけど」

冗談っぽく尋ねても伊吹じいはなにも答えない。運転する横顔が、なんだか緊張しているように見えた。

車はさっき来た道を戻っていく。三ヶ日駅まで戻ると、駐車場のはしっこに車は停まった。すごろくで『ふりだしに戻る』が出た気分だ。

「そろそろちゃんと話をしてくれる？　誰かを迎えにきたの？」

「すぐにわかるから。ちょっと待ってて」

なんでもズバリ口にする伊吹じいらしくない。なにかヘンだ。シートベルトを外す私にも、焦ったような顔をしているし。

「ちゃんと話してくれないなら――」

言いかけたとき、車内に大音量で音楽が鳴った。伊吹じいのスマホの着信音だ。

「もしもし。ああ……わかった。……ん？」

眉をピクンとあげた伊吹じいが「じゃあ」と通話を切ると、アクセルを踏んだ。軽くバウンドして車は走りだす。

隣で不機嫌になっている私に気づいたのだろう、

「悪かったな。奏太に頼まれてな」

そう言った。その名前はいつだって私の感情を揺さぶる。

「奏くん？　なにかあったの？　具合いが悪いとか？」

「あいつの夏風邪はあいかわらず。こないだ復活したかと思ったらまた寝こんでる」

「じゃあなんなの？　伊吹じいはウソが下手なんだからちゃんと話をしてよ」

身体ごと運転席に向くと、伊吹じいは観念したように両手を挙げ降参のポーズをとった。

「奏太から、怪しい人が時乃の家をうろついてる、って連絡があったんやて。気になるからしばらく家に咲希を戻さないでくれって」

「え……怪しい人？」

ひょっとして、最近話題になっているあの泥棒だろうか。急に背筋が寒くなるのと同時に、奏太が心配してくれたことがうれしい。

そこまで考え、ハッと気づく。もしも奏太が怪しい人物に声をかけていたとしたら……。そして、なにか危害を加えられていたとしたら？

「奏くんは、奏くんは今なにをしてるって？」

身を乗り出す私をチラッと見てから伊吹じいは「ああ」と答えた。

「警察に通報したって。今、警察官が来たとこらしい」

「よかった……」

自然にお腹に手を当てていた。奏太になにも起きてなくてよかった……。

今、時間を巻き戻せたとしても、死を回避できるほど体力はないだろうから。

駐車場を出ると、さっき自転車で走った道を車は進む。下り坂をおりる途中、左側の家に人だかりができていた。

「なんかあったんかな」

伊吹じいが停車すると、知り合いらしい年配の女性が「伊吹さん」と飛んできた。

「なんかあったんか？」

「それがね。山本《やまもと》さんの家に例の泥棒が入ったんですって！　もう大騒ぎよ。困ったわねぇ」

目をランランと輝かせ話す女性は、少しも困っているようには見えない。

「山本さんは無事なんか？」

「ちょうど留守にしてたみたいでねぇ。もうすぐ警察が来るって」

女性はまた違う誰かを見つけたらしく、駆けていった。

「今、時乃の家にいるやつが例の泥棒かもな」

車を再度走らせながら伊吹じいは言った。さっきよりもスピードが出ている。

「もしそうなら、奏くんお手柄だね」

「しかし、わからないもんだよな。泥棒のイメージって年配のおやじだったけど、奏太が言うには三十代半ばくらいに見えたらしい」

「三十代……」

「ボサボサの髪に黒メガネ、なぜか白衣まで手に持ってるんやて」

「白衣……え、待って」

サーッと青ざめる。そうだ、私……愛実さんに会う前にスマホをサイレントモードにしたんだった。

慌ててスマホを取り出すと、すごい量の着信履歴とメッセージが来ていた。

『おい。電話に出ろ』

『警察に怪しまれてる』

『いいから電話に出てくれ』

差出人の名前は、すべて真壁先生だった。

「本当にお騒がせしました」

玄関先で何度も頭を下げる私に、警察官は慌てて帰っていった。山本さんの家へ応援に駆けつけるのだろう。

「ま、なんにしても勘違いでよかったな」

コンビニに寄ったあと合流した倫に、伊吹じいがうなずいてみせる。

「そうだよね。慎重すぎるくらいがちょうどいいんだから」

門の前で、ふたりはお互いを納得させるように言っている。文句のひとつも言ってやりたいけれど、ふたりが私を心配してくれたのも事実だし、そもそもスマホの着信に気づかなかった私も悪い。

おばあちゃんの家を訪れた真壁先生は、家に誰もいないためウロウロしながら私を待っていたそうだ。それを見た奏太が怪しみ警察に連絡したという流れ。

奏太はバツが悪いのか、家に戻ってしまっていた。

「とにかくありがと。奏くんにも伝えておいてね」

ドアを閉めると、リビングへ急ぐ。ソファには、ふてくされた顔で座っている真壁先生がいる。

「いい迷惑だ。俺のどこが泥棒に見えるんだよ」

ブツブツと真壁先生が私に聞こえるように文句を言っている。少し離れてソファに座った。

「先生だって悪いですよ。来る前に連絡くれてもいいでしょう。それにその恰好じゃ怪しく思われても仕方ないです」

「俺にとっては正装だ」

胸を張ってから真壁先生は首をかしげた。

「それに俺だってさっき来たところだ。なのに、すぐに通報されるなんておかしいだろ。奏太ってやつの過剰反応だよ」

真壁先生の言うことが本当なら、たしかに奏太らしくない。きっと泥棒のことで過敏になっているのだろう。

「最近このあたりで事件があって――」

「そんなこと知ってる。だけど、俺だって曲がりなりにも奏太を助けてやってるのに」

このままじゃ話が進まない。

「とにかく容疑が晴れてよかったじゃないですか。それで、今日はなんの用だったんですか？」

話題を変えると、真壁先生は急に「いや……」と言葉を濁した。

「ほら、もうすぐこの家を取り壊すんだろう？」

部屋を見回しながら真壁先生は尋ねた。

「解体業者が決まったって父が言っていました。お盆が過ぎたら日程調整に入るみたいです」

「そうか」とうなずいた真壁先生がラジオを見つめた。

「このラジオはやっぱり……」

「遺言通り、業者が引き取りにくるそうです」

「そうか」

同じ言葉を言うけれど、二度目の『そうか』はため息交じりだった。

「加藤はまだ、奏太の運命を変えようと思ってるのか？」

らしくないほどささやくような声で尋ねられれば、自信は簡単に揺らいでしまう。

「そのつもりです。でも、それが正しいことなのか……」

奏太を救うことですべてうまくいくと思っていた。けれど、運命は執拗《しつよう》に奏太を連れていこうとする。そのたびに自分だけじゃなく、世界中の人の時間を戻している。

ラジオが処分される前になんとかしたいのに、おばあちゃんの声が聞こえないまま過ぎていく日々は、ひどくもどかしかった。

私の気持ちが伝わったのか、真壁先生は軽くうなずいた。

「加藤が思ったようにやればいいが、身体だけは大事にしろよ。見たところ、顔色は良さそうに見えるが」

「そうなんです。最近、気持ち悪さがまったくないんです。少しだるいのはあるけど平気です」

とはいえ、もう一度時間を巻き戻すほど元気じゃないけれど。

「今日は、お願いがあって来たんだ」

ソファの上で前かがみになり両手を握りしめた真壁先生が、まっすぐにラジオを見つめてる。

「俺にも、もう一度だけ使わせてほしいんだ」

目を丸くする私に、真壁先生は苦しげに息を吐く。

「前にも言ったが、このラジオは元々はうちにあった物だ。だとしたら、俺にもラジオの力を使えるかもしれない」

「先生も時間を巻き戻したいんですか？」

「いや」

すぐに否定した真壁先生が咳ばらいをした。

「どんなに時間を戻しても運命は変えられない、という持論は揺るがない。ただ、声を聞きたいんだ」

「声を……」

視線を落とす真壁先生が気弱に見えた。

「加藤は俺が結婚していたこと、知ってるだろう？」

「ええ」

バツイチだと言ってしまったことを思い出し、むずがゆくなる。恥ずかしさよりも、あんなことを言ってしまった情けなさのほうが強い。

「俺の妻は……五年前に亡くなったんだよ」

「え……」

強い衝撃に自分の身体が揺れた気がした。それ以上口にできず、息もできず、瞬きもできない。

離婚したって聞いてた。たしか自分でもそう言ってたはずなのに……。

真壁先生はゆるゆると首を横に振ると、自嘲《じちょう》するように笑みを浮かべた。

「病気でな、仕方なかったんだよ。あれこれ言われるのがイヤで、バツイチってことにしている」

なにか言ってあげたいのに、言葉を選べない。そんなこと……知らなかった。

「俺は物理学者のはしくれだし、ラジオの力なんて信じてなかった。だけど、妻が亡くなったあと、ふと思い出したんだよ。それからは無我夢中で研究をした。ずっとこのラジオを探していたんだ」

「奥さんと……お話をするために？」

そうだ、とうなずいてから真壁先生は目を閉じた。

「けして時間を戻したりしない。もう一度あいつを見送るなんて、俺にはできそうもないから」

「でも、私の場合は強制的に時間が戻りました」

最初、おばあちゃんの声を聞いたときはそうはならなかった。けれど、奏太の声は、私をあの時間へ戻してくれた。あの時から、時間を巻き戻す旅がはじまったんだ。

「時間を巻き戻したい、って加藤が願ったからだろう。俺はただ、最後に話がしたいだけなんだよ」

本当だろうか？　という疑問が生まれた。もしも私なら、病気が発覚するずっと前に戻り、もう一度やり直したいと願うだろう。

それでも、誰かを失ってしまう悲しみは痛いほどわかる。真壁先生にはずいぶん助けてもらったし、役に立ちたいとも思う。

「わかりました。じゃあ、私は奏くんのお見舞いにでも行ってきますね」

立ちあがる私の手を真壁先生がつかんだから驚く。

「できれば、ここにいてほしい」

「でも――」

「不安なんだ。あんなに望んでいたはずなのに、不安でたまらない」

汗ばんでいるのに冷たい手が、真壁先生の感情を表している気がした。もう一度ソファに腰をおろすと、真壁先生は「ごめん」と小さく謝った。

普段の強さも傲慢さもなく、不安定に揺れ動く気弱さ。

これが本当の真壁先生の姿なのかもしれない。奥さんに会いたくて会いたくて、世間との関わりを捨ててまで研究をしてきたんだ……。

どれだけの覚悟がいっただろう。どんなにつらい日々を過ごしてきたのだろう。自分の好きな人がいなくなる悲しみ、私には痛いほどわかるから。

なにも言わない私が同意したと思ったのだろう、真壁先生はラジオの前へ行き電源を入れた。プチッという音に続き、ノイズが小さく鳴りだした。

首《こうべ》を垂れたまま、感覚で周波数を探すようにつまみを回す真壁先生。

ジジジジ……。

ノイズの音が波のように聞こえる。同時に、時間を巻き戻すわけでもないのに、ほのかに死の匂いを感じた。重く、濁った水に落ちていくような気分に目を閉じた。

「静佳《しずか》、もう一度声を聞かせてほしい」

静佳……真壁静佳というのが奥さんの名前なのだろう。

「もう一度だけ、もう一度だけ……」

呪文のように真壁先生がつぶやくのを耳にしながら、私も無意識に自分の両手をギュッと握っていた。

——お願い、静佳さんの声を聞かせて。

目を閉じたまま祈る。何度も周波数を変え、ときに番組の音が聞こえては遠ざかる。亡くなって五年が経つからだろうか、何分やっても奥さんらしき声は聞こえない。

「静佳、静佳、静佳」

それでも真壁先生は手を止めようとはしなかった。やさしく呼びかけるように愛する人の名前を言い続けている。

もしも……。そう、もしも奏太が亡くなってしまったら、私も同じように声をかけ続けるのだろう。奏太の声が聞こえるまで、時間を戻しすぎて命が持たなくなるまで。

ラジオから聞こえるノイズが低くなった気がして目を開けた。真壁先生も気づいたらしくハッと顔をあげた。

ジジ……ジジジジジ
ノイズの向こうになにか聞こえる。

「ジジジジ……なた。ジジッ……あなたなの？」

　間違いない。女性の声が聞こえる。

「静佳……。ああ、静佳なのか？」

　震える真壁先生の声、女性の「ああ、やっぱり」とうなずくような声。ぜんぶ夢のなかの出来事のように頭がぼんやりしている。

「聞こえているのよね。あなたの声は聞こえないけれど、そこにいるのはわかるわ」

　屈託《くったく》ないきれいな声で女性は言った。ノイズはもう、聞こえない。

「俺だよ。ずっと君に会いたかった。会いたくて会いたくて――」

　言葉途中で真壁先生は顔をゆがめ、涙をぼろぼろとこぼした。メガネを取ると、再びスピーカーに耳を押し当てた。

「静佳……ああ、ダメだ。話したいことを毎日考えていたのに、ぜんぶ忘れてしまった」

「あなた、元気なの？　今は笑っているのかしら？　ううん、泣き虫だったから、きっと泣いているのよね」

　クスクス笑う彼女の声は美しかった。

　ふたりの再会をこうして見守っていることがうれしくて、悲しかった。それは、ラジオの力が本物だとわかったから。あの世にいる人からのメッセージを受け取るのがこのラジオの力なら、奏太はやっぱり……。

「きっと」と静佳さんは言った。

「私の声を聞きたくて必死にラジオを探してくれたのね。本当にありがとう」

「静佳……。ああ、きみの声が聞こえる。静佳の声が聞こえているよ」

「私もあなたの声が聞きたいけれど、心を感じる。あのときと変わっていない、まっすぐな心を感じているわ。元気そうでよかった」

真壁先生は嗚咽を漏らし「静佳」と愛する人の名前を何度も呼んだ。

「……ダメなんだ。俺は君がいないと、ダメなんだよ」

子供のように泣く真壁先生と同じように、私の頬にも涙がこぼれていた。

「あなた、泣かないで。でも、もう私は死んでしまったのよ」

ラジオの向こうから聞こえる声は明るく、悲愴感はない。亡くなった人は、こんなふうに自らの死を受け止められるものなのかもしれない。

袖で涙を拭った真壁先生が、迷ったように私を一瞬見て動きを止めた。なにも言わなくても真壁先生がなにを考えているのかわかる。

予想通り、真壁先生は口の動きだけで『ごめん』と言った。

そうだろうな、と思った。私でも真壁先生と同じことを言ってしまうだろう。

うなずく私に目を少し見開いてから、真壁先生はスピーカー部分に右手を当てた。

「このラジオは時間を戻せるんだ。君の病気が発覚する前に戻ろう。そしてふたりでやり直すんだ」

決意と覚悟、そして希望にあふれた言葉だった。たとえ時間を巻き戻し運命を変えられなくても、愛する人と少しでも長くいたい。

その気持ち、今の私には痛いほどわかるから。

真壁先生も気づいたからこそ謝ってくれたんだよね。

けれど、スピーカーの向こうにいるはずの静佳さんは黙ってしまった。真壁先生が「お願いだ」と祈るように伝えた。

しばらくして、

「聞いてほしいの」

と言う静佳さんの声は、さっきよりも落ち着いたものになっていた。

「今、あなたは時間を戻すことを願ったのね？」

「そうだよ。一緒にやり直そう」

「たしかに、このラジオなら時間を戻せると思う。だけど、五年という時間はあまりにも長いの。たとえ戻ったとしてもあなたは死んでしまうわ」

「それでもいい。いいんだよ！　静佳さえ生きていれば！」

絶叫のような声に、静佳さんはなぜか小さく笑った。

「それでもいい、と願う気持ちが伝わってきた。でも、ちゃんと考えてみて。あなたがいない人生を私ひとりで生きろ、っていうの？　自分が感じた苦しみを私にも味わわせたいって？」

「いや……そうじゃなくて」

「時間を巻き戻しても運命は変わらない。先送りにもできるけれど、それじゃあ意味がないでしょう？」

その言葉に真壁先生はハッとしたように目を開いた。

「だったら俺の寿命が尽きる時間まで先送りしてほしい。寿命が尽きる直前まで先送りしてくれ。もう一度君に会いたい。会いたいんだ」

真壁先生の言葉は届いていないはずなのに、静佳さんは「ムリよ」と言った。

「そんな長い時間は越えられないし、苦しみながら死ぬことになるのよ」

「俺はどうなってもいい。ダメなんだよ、君がいないと俺は――」

「いい加減にしなさい！」

大きな声に真壁先生がスピーカーから耳を離した。すう、と息を吸う音がやけにリアルに聞こえた。

「激しい願いはいったん止めて。じゃないと、あなたの感情の波でおぼれてしまいそうよ」

「俺は……」

「私が愛したあなたはもっと強かった。五年もの間、私のことを想ってくれたのはうれしいけれど、あなたが本当にすべきことは時間を操ることじゃないでしょう？」

静佳さんは「ねえ」とやわらかい声に戻した。

「運命には逆らえない。あなたが身代わりになれば運命を変えられるかもしれないけれど、そのぶん私は悲しみを背負って生きていくことになるの」

「でも俺は君に会いたい。会いたくてたまらないんだ」

子供のように泣きじゃくる真壁先生に、「私もよ」と彼女は言った。やっぱり通じ合っているんだ、とそれだけで身体が震えそうなほど感動を覚えた。

「私も本当はあなたに会いたい。病気になってからは自分のことで精いっぱいになっていたし、あなたは私が助かるって信じていたからきちんと話もできなかった」

「ああ、そうだった」

「最後、お別れも言えないままだったわね」

腕で涙を拭った真壁先生が、

「だったら、もう一度……」

消えそうな声で言った。

「でもね、今は苦しみから解放されたの。あんなにつらかった痛みもないし、穏やかに過ごせているの。私の幸せを考えるなら、時間を戻しても先送りにしても意味はないの。私がいない人生をあなたが前向きに生きること。それだけなのよ」

「静佳……」

「ラジオの力で今こうしてあなたと話ができた。だから、今日からは前を向いて生きて。私の死であなたが弱くなったら、いつまでたっても私は悲しいままなのよ」

私にはわかる。きっと静佳さんは無理して強がっている。だって、声の最後が震えているもの。

真壁先生に生きてほしい。その思いで、必死で強い奥さんを演じているんだ。

「約束して。あなたならできるはず」

はあはあ、と荒い呼吸を繰り返してから、真壁先生は洟をすすった。

「ダメだ。そんなこと、言えるわけない。君に会うことだけを生きがいに俺は……」

気づけば歯を食いしばっていた。真壁先生の気持ちが痛いほどわかる。同じように先に逝ってしまった静佳さんの気持ちも。

「私たちが出逢って夫婦になったことを後悔したくないの。だから、約束してほしい」

澄んだ声はまるで真壁先生の耳元にささやくように聞こえている。

真壁先生はまた腕で涙を拭うと、「ああ」とうなずいた。

「できるかどうかわからないけどやってみるよ。ただ、約束はしない」

「少し前向きな意思を感じた。でも、まだ決心がつかないのね」

クスクス笑ったあと、ふいに「あ」と静佳さんが言った。

「そこに誰かいるのね？　ねぇ、教えて。真壁はどんな顔をしてる？　声を聞く限りじゃひどい生活をしてそうな気がするんだけど」

ギュッと口を閉ざす真壁先生を見て、私は口を開いた。

「私は真壁先生の教え子の加藤咲希といいます」

「おい――」

遮ろうとする真壁先生を無視して私は続ける。

「先生はひどい恰好をしています。いつもボサボサの髪でボロボロの服。愛想もくそもありません」

「え？　ひどい恰好のイメージが届いてるんだけど、間違いない？」

「はい。ひどいなんてもんじゃありません」

「やめてくれ！」

慌てる真壁先生に、静佳さんは「あのね」と声を低くした。

「あなたが人から悪く思われることがいちばん悲しいのよ。もう時間がないけど、このまま説教タイムで終わるつもり？」

夫婦時代もきっとこんな感じだったんだろうな。さっきまでの涙も止まり、自然に笑みがこぼれてしまう。

「すまん。これからはちゃんとするから」

頭を下げる真壁先生の表情も少し明るく思えた。

それからふたりは出逢ったころの話や、結婚式の思い出話をした。真壁先生の前にはただラジオがあるだけなのに、私には静佳さんがそこにいるように思えた。

やがて、ラジオにノイズが混じりだした。

「そろそろ時間みたい」

「そんな……」

数秒の間にも、静佳さんの声が遠くなっているのがわかった。

「ねえ、あなた。しっかり生きるって約束して。あなたならできるって信じてる」

声がより遠くなった気がした。真壁先生が悲鳴にも似た声で叫び、ラジオを抱きしめた。

「静佳！」

「ジジジ……約束できる？」

どんどんノイズが重なっていくなか、真壁先生はギュッと目をつむった。

「約束する。静佳に誇れるようにがんばる。がんばるから！」

「ジジ……ありがとう。あなたに会えたこと……ジジジ」

「静佳、静佳！」

「きっとまた……ジジジ。さようなら、あなた……ジジジジジジ」

「さようなら、さよう……」

ノイズが静佳さんを永遠に連れ去ってしまった。

崩れ落ちるように絨毯に顔をつけて泣く真壁先生。私も同じように泣いていた。

ソファを降り、真壁先生のそばに膝をつくとその震える肩を抱いた。

「俺は、俺は……」

「先生の気持ち、絶対に伝わってました。すごく……すごく素敵な奥様ですね」

彼のなかではまだ生きているんだ。いつか受け止めることができるその日まで、私も見守ろうと思えた。

きっと静佳さんも見守ってくれているはずだから。

「俺はまだ人が嫌いだ」

玄関先でむすっとした顔で真壁先生は言った。泣きはらした目はメガネ越しでもよくわかる。

夕日が遠くで赤く燃え、この町を朱色に染めていた。

さっきまでの出来事がまるで夢のようにさえ感じる。

ラジオの電源を切ったあと、しばらくして真壁先生は奥さんが亡くなったあとのことをぽつりぽつり話してくれた。

静佳さんの病気が発覚し、それが進行性の神経系の病気だとわかったこと。今の医学ではただ見守るしかなかったことを説明してくれた。

だんだんと言葉数が多くなり、最後は膿《うみ》を出すように一気にまくしたてていた。

『みんな俺を慰めようとして言うんだよ。「仕方なかった」とか「彼女が悲しむから元気になれ」とか。言われるたびに、「なに言ってるんだよ」って思った。病気が進行しても見舞いすら来なかったやつになにがわかるんだ、って。どうせ他人ごとだよな、とも思ったし口にもした。葬式が終わればすぐに切り替え、夜はテレビを観て笑い転げるくせに、って、上っ面の慰めなんていらない。悲しみのなかで動けない俺を、遠くから見物しているって思っていたんだ』

その言葉は真実だと思った。誰かを心から愛した人は、その死を受け入れることは難しい。私だってきっと同じだ。

『それまでの知り合いとは縁を切った。はじめて会う人にはバツイチだって説明した。それなら俺の心は乱されないから。……でも、違ったのかもな』

今、玄関先に立つ真壁先生は、まだ傷ついている。それでも悲しみの底から這いあがろうとしてくれるはず。

「先生」

言いかけた私に、「すまなかった」と真壁先生は言った。

「あれほど約束していたのに、時間を戻そうとしてしまった」

「ううん。私でもたぶん同じことを言ったと思いますから」

口元に笑みを浮かべた真壁先生が軽くうなずいた。

「俺なりに立ち直ってみせるよ」

「はい。まずはその髪型とか格好を変えてみてはどうですか？」

「調子に乗るな」

真壁先生は自分の姿を見下ろしてから、

「ただ、善処しよう」

穏やかな表情で言ってくれた。

「加藤はどうする？　今は体調は？」

「急に私の心配しないでくださいよ。それより、静佳さんが言ってましたよね？　身代わりになれば運命を変えることができる、って。やっぱりあれは本当のことなのですか？」

「違う」真壁先生は秒で否定をした。

「身代わりになれば変えられるかもしれない、と言ったんだ。そんなことは実際にありえない。だから——」

言いかけた真壁先生の向こうで、ドアが開く音がした。見ると、伊吹じいが顔を出し歩いてくる。

伊吹じいが、難しい顔で近づいてくるのを見て、イヤな予感が生まれた。前にもこんなことがあった気がする。

「すまん。話し中に」

「いえ」と真壁先生が一歩うしろに下がった。

「どうかしたの？」

徐々に高くなる心拍を無視して尋ねると、伊吹じいは一枚の紙を見せてきた。

「これが置いてあってな……」

コピー用紙になにか書いてある。

『しばらく家を出ます。夏休みが終わる前には戻るので探さないでください』

それは、昔から知っている、奏太の字だった。

第七章　あの夏を忘れない

グラニーズバーガーに集合したころには、雨が降りだしていた。

お盆最終日の今日は、たくさんの親戚の人がおばあちゃんの家に別れを告げに来ている。

「こういうときだけ来てもね」

前に真壁先生が言っていたことがリアルに感じる。お葬式を最後に連絡が途絶えていたのに、お盆にだけ来ては思い出話に目じりを濡らす。

それが当たり前なんだろうけれど、当たり前だと思いたくない私もいる。

三ヶ日みかんサイダーを口に含むと、終わりゆく夏の味がした。入口からようやく待ち人が姿を現す。

「お待たせ。いやぁ、雨にやられたよ」

長い髪をハンカチで拭いているのは、ワンピースがよく似合う亜弥。でも、私はうしろからニコニコとついてきた倫に目が行くわけで。

「なんで倫まで来てるの？」

さっきまでおばあちゃんの家にいたはずの倫が平然と席に着いた。亜弥が「ああ」とうなずく。

「作戦会議するんだよって言ったら『ボクも行くことになってる』って。だから連れてきたんだけど違うの？」

「違わないよ。ボク、コーラ飲みたいな」

ニッコリ笑って席に着く倫が、亜弥に両手を合わせた。

「はいよ」

レジに向かう亜弥から倫に視線を移す。もちろん怖い顔を貼りつけて。

「どういうことよ。約束なんてしてないでしょ」

「だって咲希ちゃんのこと、心配なんだもん」

サラッと髪を手でといてから言う倫に、ため息がこぼれた。たしかに、奏太について話し合うなら、人手は多いほうがいいだろう。

「はい、これ」

戻ってきた亜弥が倫にコーラの入ったプラスチックカップを渡し、向かい側の席に座った。

「亜弥、忙しいのにごめんね」

私と同じ三ヶ日みかんサイダーを飲んでから、亜弥は「もう」と唇を尖らせた。

「なに言ってるのよ。こういうときこそ、名探偵亜弥の出番でしょう」

深刻になりそうな場面でも、亜弥がいてくれるだけでずいぶん助けられる。

奏太が書き置きを残していなくなり、三日が過ぎていた。

伊吹じいは『すぐに戻ってくるだら』と探そうともしない。たしかに昔はよく家出をしていたけれど、今回は彼の命が懸かっているのに。

いくら言っても伊吹じいはラジオの力も信じてくれないし、しまいには『男というものは家出のひとつくらいせんと』なんて言いだす始末。

「それはそうとさ」と亜弥がスマホを開いた。

「例の泥棒、まだ見つからないんだって」

ニュース画像には山本さんの家が映っていた。画面越しの出来事は、自分とは違う世界みたいに思える。ラジオだって同じだ。

実際に体験した人にしかわからないことがあるよね。

「咲希ちゃんも家のカギをかけないと危ないんだからね」

倫がえらそうに言ってくるのでそっぽを向いてやった。

「おばあちゃんの家に泊まるのは、約束通り今夜までだから。月末からは解体工事がはじまっちゃうし」

こんな話をしたいんじゃない。奏太の話が出ないもどかしさが、今にも言葉になって出てしまいそう。

そんな私に気づいたのか、倫が窓の外へ視線を移して言った。

「奏にいちゃん、どこに行ったんだろうねぇ」

雨粒がガラスにたたきつけられ流れ落ちていく。

「それをみんなで考えようよ」

どうして奏太はいなくなったのだろう……。守りたいのにこれじゃ守れない。

「咲希ちゃんはどう思うの？」

倫があどけない表情で尋ねた。

「うん……ちょっと考えがある。聞いてくれる？」

ふたりに顔を寄せると、同じ幅で近づけてくれた。ここに来るまで、ううん、この何日間かずっと考えていたことを提案する。

「警察に行こうと思うの。だって書き置きを残したとはいえ、家出だよ？　捜索願を出せば、見つけてくれるんじゃないかな」

会えない間に事故にでも遭ったら、私は一生後悔することになる。早めに警察に探してもらったほうがいい。

なのに、亜弥と倫は顔を見合わせて曖昧に首をかしげた。そして『どうぞ』とでも言うように手のひらをお互いに差し出している。

「なによ。言いたいことがあるならちゃんと言ってよ」

私の不満に、倫が両肘をついた手に小さい顔を載せ上目遣いで見てくる。

「今はね、法律が変わって、捜索願って言葉は使わないの。行方不明者届を出すってことだよね」

「そうなんだ。でも、それを出せば探してくれるんでしょう?」

「んー」と、倫はほっぺを膨らませる。

「家族じゃない人が提出して受け取ってくれるかって問題だよね。未成年じゃないし、自分の意志で姿を消したわけでしょう? 警察はあてにできないと思うな」

急に現実的なことを言う倫。亜弥が「でね」と続ける。

「そもそも、今回の家出は夏休みが終わるまでの間でしょう? だとしたら、そこまで心配しなくてもいいと思うんだ」

「ボクもそう思う。奏にいちゃんのことだから、放浪の旅とかに行ってるだけかもしれないしさ」

「男子ってそういうのに憧れるものだしね」

ふたりの会話をぽかんと聞く私に、

「だから、見守りましょう」

亜弥がまとめるように代表で宣言した。

「……見守る? え、ちょっと待って。それがふたりの結論なの?」

予想外の答えに驚いてしまう。だけど、違和感が頭をもたげている。

なにか、おかしい気がする。

「倫くんとも話しあったけど、それがいちばんいいんじゃないかってね」

「そうだね。ボクもそう、思うよ」

手元のサイダーに視線を落とし口をきゅっと結んだ。視界のはしで亜弥は不自然に笑い、倫は納得させるように何度もうなずいている。

足元からなにか這いあがってくるのを感じる。それは、恐怖だ。

「ふたりとも、どうしたの？」

静かに聞くと、あからさまにふたりはギョッとした顔をした。

「亜弥は嘘をつくとき、意味もなく笑うの。倫は、何度もうなずくクセがある。ふたりとも、嘘、ついてるよね？」

質問じゃなく、これは答え。だって亜弥と倫は絶句したようにお互いの顔を見合わせて固まっているから。

ふたりはなにかを知っている。悟られないように嘘をついている……。

「奏くんのこと、なにか知ってるんだよね？　なのに私には教えられないの？　それは……どうして？」

怒っているのに静かな声がこぼれてしまう。身体の奥がジンとしびれていて、ただ怖かった。

視界が潤み、すぐに涙があふれそうになる。いつから私はこんな泣き虫になってしまったのだろう。

「ごめん」と、亜弥が小さな声で言った。

「咲希に嘘ついてごめん」

「ちょっと、亜弥ちゃん。これじゃあ話が――」

言いかけた倫がハッと口を閉じた。

やっぱりそうなんだ……。ふたりともなにか隠している。みんなが知っていることを私だけが知らない。

「教えてほしい。だって、私は奏くんを助けなくちゃいけないから。奏くんは、奏くんはもうすぐ……」

声にならないままうなだれる。言いたくないよ、奏太がいなくなるなんて絶対に言いたくない。

ふいにテーブルに置いた手に温かな火がともった。見ると、亜弥が私の手を握っていた。その瞳には涙が浮かんでいた。

「咲希、ごめんね。本当にごめんなさい。でも、あたしたちの口からは言えないの」

「なんで、なんでぇ……」

意味がわからないよ。奏太が死んでしまうかもしれないのに、言えないことってなんなの？　そう言いたいのに、涙が邪魔して言葉になってくれない。

倫も同じようにうなだれたまま。

「亜弥ちゃんが言う通りなの。ボクたちからはなにも言えない。だって言ったら咲希ちゃんが……」

いったいなにが起きてるの？　奏太はどこへ行ってしまったの？

「私は、自分がどうなったとしても、奏くんを──」

「ダメなの」と、握られた手に力が入れられた。

「咲希はちゃんと生きなくちゃ。それが奏太さんの願いなんだから」

「そうだよ。ボクたちだって、本当に苦しくて……」

目の前で泣いているふたりを見ていると、ふとなにかの記憶が頭をかすめた気がした。一瞬のことだったけれど、違和感が胸のなかに広がっていく。

奏太がなぜいなくなったのかをふたりは知っている。

私にだけは言ってはいけない。言ってはいけない──？

『落ち着け』と自分に言い聞かせる。私に言えないとすると、それを知ることでなにか行動を起こすことを心配しているってことだ。ふたりは私が時間を戻せることを知っている。時間を戻すということは奏太の身に危険が──。

「あ……」

立ちあがった私にふたりはギョッと顔をあげた。

わかった。ぜんぶ、わかった。そういうことだったんだ……。

でも……亜弥と倫にそのことを知られてしまったら、確実に止められてしまう。気づかれないように小さく深呼吸をする。

「あの、ごめん。私、ちょっと混乱しちゃって……。ふたりを責めてもどうしようもないのにね」

自然に見えるように腰をおろし、反省した顔を作ると、ふたりはあからさまにホッとした表情になった。

「とにかく信じて待ってみようよ」

「ボクもそれをおすすめするよ」

ふたりは知ってる。奏太がどこにいるのかを。

「ひとつだけ教えて。奏くんの身になにか起きるわけじゃないよね」

軽い口調を意識して尋ねると、ふたりは同時に「もちろん」と答えた。

ふたりは奏太に協力しているんだ。でもきっと、奏太の本当の目的までは知らない。

そのことで奏太がどうなるかについても知らないんだ。

「わかった。じゃあ私も信じるよ」

そう私はほほえんでみせる。

これからしようとしていることを、気づかれないように、悟られないように。

倫は町に出るらしく、店の前でふたりと別れた。

雨さえ降っていなければ自転車で来たのに、と焦る気持ちをおさえながらおばあちゃんの家へ急いだ。

田んぼの稲は見るたびに背丈を伸ばしていて、うれしそうに雨粒に揺れている。

ようやく家の前に差しかかるころには、雨はあがっていた。曇天の隙間《すきま》から細い光の線が幾重にも見え、これから私がやろうとしていることを応援しているかのよう。

ううん、そう思いたいだけなのかも。

あと少しでおばあちゃんの家に着く。そのとき、向こうから赤い傘を手にした人が歩いてくるのが見えた。

「咲希」

やさしい声で私を呼ぶのは、お母さんだった。

「お母さん」

呼び返すとき、たしかに胸は痛かった。これから私がすることで、もう二度とお母さんには会えないかもしれない。お父さんとは今朝、普通にテレビの話をしただけ。ふたりに悲しい思いをさせる可能性は高いだろう。

思わず泣きそうになるけれど、不思議と決心は揺らいでいなかった。

目の前に立ったお母さんは、そのまま私の両手を握った。

え、とその手を見つめてから顔をあげると、悲しい笑みを浮かべている。

「お母さん？」

「行くのね？」

胸が、痛くなった。それでも悟られちゃいけない。意味がわからないフリをして笑顔を作って元気よく……。でも、できなかった。

最後になるかもしれない会話で嘘をつきたくなかった。

「虫が知らせに来たの。きっとなにか起きる、って。またラジオの力を使おうとしているのでしょう？」

「お母さん……ごめんなさい」

答える間に鼻がツンと痛くなり、視界が海のなかにいるみたいにゆらゆら揺れだす。

「大丈夫」と声がして、両手に力がこめられた。

「昔、ラジオを使ったとき、お母さん思ったの。後悔だけはしたくない、って」

「うん。うん……」

ぼろぼろと涙がこぼれる。

「きっと咲希なら大丈夫。なんたって私の子供だもの。あきらめずに自分の答えを出してほしい。でも、ひとつだけ約束してほしいの」

見るとお母さんは笑みを浮かべながら泣いていた。

「約束……？」

「必ずここに戻ってくる、って約束して」

私は、運命という言葉が嫌いだった。それは、きっと抗えないと最初からあきらめていたからだと思う。

でも、今は違う。

「お母さん、私、絶対に運命に負けない。運命を変えて、ちゃんとここに戻ってくるから」

ギュッとお母さんの手を握った。そう、私は負けない。お母さんも同じように握り返したあと、両手を離した。

「それでこそ私の娘。気をつけて行ってらっしゃい」

ニッと笑うお母さんに、私もほほ笑む。

お母さんから強さをもらった気分。大丈夫、私は運命を変えてみせる。

「行ってきます」

手を振り駆けだす。もう、過去は振り返らない。

運命を変えるには、今より先にある未来に行く。それが私の答えだから。

おばあちゃんの家に着くと、仏壇のろうそくに火をともし手を合わせた。

それから、お父さんとお母さんにもう一度心のなかで『必ず戻ってくる』と誓った。

ラジオの前へ移動し、電源をつける。

まだ昼間なので、電源ランプがついているかはわからなくても、小さく聞こえるノイズが不思議な世界の扉を示している。

さっきの亜弥と倫とした会話で、奏太がどこにいるのかはっきりとわかった。つまみを回しながら奏太に話しかける。

「奏くん。咲希だよ。お願い、返事をして」

もうこれ以上泣かないと決めた。泣いたって奏太は戻ってこない。

「奏くんはこのラジオの力を知ってたんだよね？　私が奏くんを助けるために時間を巻き戻してたことも全部。ひょっとして真壁先生に聞いたの？」

もしくは亜弥？　倫？　伊吹じいかもしれない。

奏太は自分の運命が死ぬことだと知ると同時に、私が時間を巻き戻していることを知った。そして、そのたびに衰弱していく私のことも……。

真壁先生は言っていた。時間は巻き戻すことも早送りすることもできる。

「奏くんは、未来へ行ったの？」

やさしい奏太のことだから、これ以上私を苦しめないように時間を早送りしたのだろう。それは、自分が死んでしまう日に。

そこまで早送りすれば、これ以上私にムリをさせずに済む。幼馴染でずっとそばにいたから、お互いに考えることはわかってしまう。

今思えば、奏太がラジオの力を知らないはずがない。あんなに身近に信じている人たちがいたのだから。

「私、バカだね」

奏太に気づかれないように助けていたつもりが、結局自分の身体を弱らせてしまった。奏太を助けるつもりで、結局彼は私を助けるために未来へ行ったんだ。

ラジオのスピーカーに手を当てる。

「おばあちゃん。このラジオは、本当は亡くなった人からのメッセージを聞くためのものなんだよね。私は、間違った使いかたをしちゃった」

ノイズが大きくなった。まるで『そうだ』と私を叱っているみたい。

「おばあちゃんは知っていると思うけど、私は頑固なんだ。だから、まだあきらめたくないの。奏くんを助けたい」

ジジジ……ジジジジジ
聞いたことがないほどノイズがひどくなっている。『この、バカっつら』っておばあちゃんが怒っているのかな。

ジジジ

「だからお願い、おばあちゃん、私を奏くんが行った未来に連れていってほしい」

頭をスピーカーにつけたまま願う。きっとなんらかの事故に巻きこまれ、奏太は死んでしまう。それは元々決められた未来。

運命を代わりに引き継ぐこともできると聞いた。でも、それじゃあ誰かを悲しませることになる。不可能かもしれないけれど、私は運命に抗いたい。

「私、決めたの。もう一度、時間を越えさせてほしい。奏くんを救って、一緒に元の時間に戻る。運命はきっと自分で切り開いていくものだから！」

ノイズ音が遠ざかりながら低くなり、やがてその声が聞こえる。

「ジジジジ……なんて。もう……ジジジジ」

「奏くん！」

聞こえた。奏太の声が聞こえている。

「ジジジ……咲希」

私を呼んでいる。

「奏くんのもとへ行かせて！　お願い、お願いだから！」

景色がぐにゃりとゆがんだ。これが最後の時間旅行。

どうか、奏太に会うまで、身体が持ちこたえてほしい。

待っていてね。私がきっとあなたを救うから！

──なにか、音がしている。

小さく聞こえるガラスを擦《こす》るような音に目を開けると、私はラジオの前で倒れていた。

時間を越えたはずじゃ……。考えると同時に気持ち悪さが口のなかに広がった。でも、耐えられないほどの気持ち悪さではなかった。

寝転がったままラジオを見てから、仏壇に目を移した。さっきつけたろうそくが短くなってまだともっている。夕暮れ近いのか、部屋の中は薄暗くなっていた。

……あれからそんなに時間が経っていないってこと？

奏太の亡くなる未来はこんなすぐそばだったの？　それとも、時間を越えられなかったの？

ぼんやりとしているうちに、

ギイと、ドアを開く音がした。しばらくしてから、そっと部屋に入ってくる足音が聞こえる。

奏太が来てくれたのかな……？

そんな考えは吐き気が収まるのと同時に吹き飛んだ。奏太ならこんなふうに部屋に入ってくることはない。そういえばカギをかけた記憶がない。

まさか……泥棒？

ミシッ

絨毯を踏む音が聞こえた。男の息遣いがしんとした部屋に響いている。

身体を小さくして身構えた。そうだ、ここは奏太が死んでしまう未来。ひょっとして……奏太は泥棒に殺されてしまうの？

ソファの向こう側を歩く足音がして、電話機の下にある棚を開いた。中身を漁る音が続く。

目当てのものがなかったのだろう、台所へ足を進めるのがわかった。間違いない、泥棒が侵入しているんだ。

逃げなくちゃ。ううん、逃げちゃダメなんだ。このあと、起きる未来を阻止しに来たのだから。奏太と鉢合わせになった犯人が彼の命を奪うなら、先手を取るしかない。

なにか武器になるものはないか、と身体を少しずらした。ゆっくり手を伸ばして探すけれどなにも見つからない。

こうしている間にも気づかれてしまいそうで、音を立てないように視線をさまよわせると、ソファのサイドボードの上にある灰皿を思い出した。

台所からは棚を乱暴に開閉する音が聞こえている。目当てのものがないのか、舌打ちがすぐ近くで聞こえた気がした。

私は負けない。奏太を助けなくちゃ……。

肘をつきゆっくり手を伸ばすけれど届かない。台所からは見えないはず。

上半身を起こし、灰皿に手が触れた。これを振り回せば、いくら泥棒だって奏太への攻撃は止むだろう。

そこまで考えてから気づく。今、奏太はどこにいるの？

時間を巻き戻したときも、事故が起きるまでは時間があった。それは時間を早送りしても同じかもしれない。

だとしたら、今は奏太が死んでしまう運命のどれくらい前なの？

「おい！」

思考は悲鳴にも似た声に中断された。ハッと顔をあげると同時に、お腹に鈍い痛みを感じた。

なにかが倒れる音、割れる音が続いたけれど、くらくらする痛みに目を開けられない。泥棒にお腹を蹴《け》られたんだと気づいた。

「あ……ああ……」

うめきながら手にしていたはずの灰皿を探すけれど、はるか先に転がっていた。男と目が合う。見たこともない人だった。

「ふざけんなよ。なんで、なんで……いるんだよ！」

絶叫が響くとともに、男が逃げだした。そのはずみで仏壇が倒れるのが見えた。私に向かって崩れ落ちてくるそれは、スローモーションで瞳に映り、痛みさえ感じず世界は暗闇に落ちた。

誰かが身体を揺さぶっている。

私の名前を呼ぶ人がいる。目を開けたくてもうまく開いてくれない。眠いの、ひどく眠いの。

「咲希！　しっかりしろ！」

大声で怒鳴る声は……奏太だ。

目を開けると同時に、

「あっ！」

お腹を抱えるように身体を折る。さっき蹴られた痛みがまだリアルに残っている。

「咲希、大丈夫か？」

ああ、奏太が無事でいてくれた。もう一度目を開くと、奏太がいた。

「無事だったんだね、奏くん」

けれど奏太は悲しげな表情で私の身体を抱いている。どうしてこんなに視界がぼやけるのだろう。息が苦しくてたまらない。

「え……」

さっき倒れた場所じゃない。ここは……キッチンの奥だ。

上半身を起こした目に映ったのは、炎に包まれている部屋だった。真っ黒い煙が漂っている。

キッチンにある窓は開いているけれど、あまりにも小さくて出られそうもない。入口のドアや寝室に通じる扉はもう火の海のなかだ。

「そんな……ろうそくの炎が？」

泥棒が倒した仏壇から引火したんだ……。私のせいだ。

「違う」奏太が悔しそうに顔をゆがめた。

「ろうそくの炎でこんなふうにはならない。あいつが台所にあった油をまいて火をつけたんだよ」

「え……」

息がだんだんと苦しくなる。

私が助けるはずだった。それなのに、ムリだったんだ。

「おい！　この壁を壊せ！」

外から伊吹じいの怒鳴る声が聞こえた。まだ消防車は到着していない。ううん、きっと間に合わない。そういう運命だったから。

抱き合ったまま壁に背をつけ、なるべく低い体勢になった。奏太の胸の鼓動が聞こえている。炎までまだ距離はあるのに、身体が焼かれるように熱い。

「こんなことになるなんてな」

奏太の声が聞こえる。

「もうムリだ。ごめん、咲希。こんなはずじゃなかった」

奏太が私の肩を抱きしめた。

そっか……。私は運命を変えることができなかったんだ。自分の無力さに悲しみよりも悔しさがこみあがった。

「俺を何度も助けてくれたよな？」

奏太が耳元で尋ねた。

「え……？」

「時間を巻き戻して、俺が死ぬのを回避してくれたんだよな？」

やっぱり奏太は知っていたんだ……。

バチバチと燃える音が近づいてくる。壁紙は焼けただれ、かいだことのないにおいに何度もむせた。まるで溺れているみたいにどんどん息が苦しくなる。

「時ばあが言ってたラジオのことを思い出したんだよ。思い出せば、咲希は俺が危ないとき、いつもそばにいてくれた。そして具合がどんどん悪くなっていった。それを知り、ぜんぶわかったんだ」

「ごめんなさい……」

「いや、謝るのは俺のほう。何度か事故を目の当たりにしたよな？　そのとき、本当は死ぬ運命だったんだろ？」

うなずく私に、奏太は「そっか」とあきらめたような声で言った。

「助けたかった。奏くんが死ぬのをただ見ているだけなんてできなかったの」

それは奏太が好きだから。気持ちをこめて伝えた。私なりの最後の告白……。違う、必ず戻ると約束したんだから。グッと身体に力を入れる。

「奏くん、なんとかして逃げよう」

強い気持ちで言うけれど、奏太は首を横に振り壁にもたれた。

「俺にはもうそんな力がないんだよ。あまりにも時間を巻き戻しすぎた」

「え……？　時間を越えたのは今がはじめて……でしょう？」

「実は、違うんだ」

いたずらが見つかった子供みたいに奏太は唇を尖らせた。

「え、いつ……」

口にしてすぐに気づく。身体を離すと、煙にかすんだ奏太の笑顔があった。

「愛実さんに……？」

そうだ、と軽くうなずいてから、奏太は外を見やった。

「あの日、俺がバイト先の電話に出ている間に、彼女は君を階段から突き落としたんだ。だから急いで時間を戻した。直前の時間に戻ったからかなり焦ったけど、なんとか助けることができた」

「そんな……死ぬ運命なのは、私のほうだったの？」

信じられない気持ちで尋ねる私に奏太は激しく咳こんでから首を横に振った。

「最初は俺が死ぬ運命だったんだろうな。でも、咲希が命がけで助けてくれたあの日、俺の運命を咲希が引き継いでくれたんだよ」

頭をなにかで殴られたくらいのショックを受けた。知らない間に奏太の運命を引き継いでいたんだ。

「奏太は私の命を助けてくれた。そういうこと？」

「二回目は、じいちゃんと倫にも事情を話して助けてもらった。あの日、山本さんの家の前を通ることで、咲希は泥棒と鉢合わせをしてしまい殺されていたんだよ。だから迎えにいってもらった」

あの不自然なドライブはそういうことだったんだ。たしかにあのころは気持ち悪さよりだるさのほうが強かった。夏バテかと思っていたけれど、やり直しをしていたのなら説明がつく。

「伊吹じいや倫はどこまで知っているの？」

「咲希が死ぬ運命だとしか伝えていない。俺が咲希の運命を引き継いだとは思ってもいないだろう。もし言ったら全力で反対されるだろうしな」

「じゃあ、私たちはお互いに助け合ってたの？」

「ああ……でも、もうゲームオーバーだ。俺は咲希にまた運命が戻るのが怖かった。だから自分が死ぬときまで時間を先送りにしようと思ったんだ。まさか、咲希も来るなんて思いもしなかった」

「だって私たちは幼馴染だもん。考えることくらいわかるよ」

あふれる涙もそのままに伝える。

時間を巻き戻すときに、奏太に気づかれる可能性を考えるべきだった。それでも、こんな状況なのに、同じことを考えていたのがうれしかった。

「でも」残り少ない酸素を吸い、私は奏太に伝える。

「あきらめたくない。ふたりで逃げよう」

今、運命は奏太の命を消そうとしている。

「無理だよ。本当にもう立てないくらいなんだ。……なあ」

グッと肩をつかまれた。奏太の顔が今まででいちばん近い。

「咲希だけでも逃げてほしい。水道の水をかぶれば火傷はするかもしれないが死にはしない。運命が捕まえたいのは俺だけなんだから」

「ダメ。ダメだよ。一緒に元の時間に戻るの。そう決めたんだから」

あきらめたくない。運命に奏太を連れていってほしくない！　こんなに強く思っているのに涙がどんどんあふれてくる。

息が苦しい。喉が焼けるような痛みが生まれている。煙は小さな窓から外へ逃げているけれど、それ以上の勢いで部屋が焼けている。

「おいで」

奏太が私を抱き寄せた。

「俺が死ぬよりも怖かったことを言わせてほしい」

「そんなことより――」

「好きだ」

その言葉が聞こえた。

「奏くん……」

「ずっと咲希のことが好きだった。死ぬ前に言えたらいいな、って思ってた」

なんでこんなときにほほ笑んでいられるの？

私は、私もずっと自分の気持ちをおさえて生きてきた。一生言えないと思ってやり過ごしてきた。

「奏くん、私も好き。ずっと好きだったの」

言えた……。そう思うと同時に、ギュッと抱きしめられていた。

「うれしい。俺、もう死んでもいいよ」

「ダメ、それはダメだよ。だからこそ生きよう。ふたりで生きたいよ！」

泣きながら叫んだ。やっと気持ちを伝えられたのに、これで終わりなんて思いたくない。

考えると同時に水道へ飛びつき蛇口をひねった。勢いよく流れる水を、ボウルに汲《く》みあたりへ撒《ま》く。

たとえ無理だとしても最後まで運命に抗いたい。

燃え盛る炎は水にも負けない。それでも何度も水を撒いた。

生きたい。私は奏太と生きたい。

奏太も苦しそうに身体を起こすと、手伝ってくれた。火の勢いが弱まっている。だけど、動くことで急激に息苦しさが増している。

頭がぼんやりして、気づけば私はその場にうずくまっていた。

「奏くん……」

少し先に奏太が倒れている。必死で這うようにして奏太のそばへ。

「イヤだよ。奏くん、こんなことで死ぬなんてイヤだよ……」

もう、終わりなの？　やっぱり運命には抗えないの？

「お願い、誰か助けて！　おばあちゃん、おばあちゃん！」

どんどん頭がぼやけていく。なにも考えられず、眠気のようなものが生まれている。

「おいで」

奏太が腕を広げた。その胸に顔をうずめる。

最後の瞬間に好きな人に抱きしめられて死ねるなら、それでもいい気がした。

お父さんやお母さん、倫や亜弥。こんなことを思う私を許してね。

遠くで消防車のサイレンが聞こえている。でも、もう遅いの。この世に運命なんてないと思っていた。

だけど、違った。奏太がいなくなる運命はたしかにあった。でも、それに抗おうとした自分が少し誇らしかった。

――みんなありがとう。そして、さようなら。

目を閉じようとしたそのときだった。寝室のドアが開いたかと思うと、急に息がラクになった。煙が一気にそっちへ流れていく。

煙の向こうに誰かがいることに気づいた。ゆらゆらと揺れながらこっちへ近づいてくる人影。奏太も気づいたらしく「ああ」とため息にも似た声を出した。

「咲希ちゃん、奏太」

それは——おばあちゃんだった。

「え……どうして？」

亡くなる前となにも変わらないおばあちゃんが腕を組んで立っている。

奏太も気づいたらしく、口をぽかんと開けておばあちゃんを見ていた。

ああ、そうか。もう私たちは死んだんだ。きっとおばあちゃんが迎えにきてくれたんだね。

けれど、おばあちゃんは怒った顔を近づけて叫んだ。

「この、バカっつらが！」

「おばあちゃん……」

「いいからさっさと立って。奏太も早くしなさい」

ゆっくり指先を伸ばすと、ちゃんとおばあちゃんに触れられた。

「夢じゃないんだね。おばあちゃん、ここにいるんだね」

おいで、というように手を広げたおばあちゃんの胸に飛びこんだ。

抱きつく私の頭をおばあちゃんはやさしくなでてくれた。

「よくがんばったね」

「おばあちゃん、おばあちゃん！」

もう会えないと思っていたおばあちゃんに会えた。だったらここが天国でも地獄でも構わないよ。こぼれる涙はあたたかくて、伝えたいことはたくさんあって……。

「おばあちゃんに会いたかったの。だって、おばあちゃん突然いなくなるから……」

「そうかい。いろんなことがあったんだね」

私の頬の涙を指先で拭ってくれたおばあちゃんを見て、それから奏太をふり返った。

「奏くん、おばあちゃんが生きてた。生きてたの」

こんなにうれしいことはない。これからもまた、みんなで暮らせるんだ。

けれど、奏太は「いや」とやさしく首を横に振ってから、ゆっくり起きあがった。

「時ばあ、そういうことだったのかよ」

「文句を言われる筋合いはないね。むしろ感謝してほしいくらいだよ」

おばあちゃんの胸から離れ、ふたりの顔を見渡す。

「え、どういうこと……？」

おばあちゃんも奏太も理解しているみたいだけど、私にはまったくわからない。

幾分おさまった炎が、おばあちゃんの向こうで燃えている。

「咲希ちゃん、ラジオの力を使ったんだね？」

「あ、うん……」

「奏太を助けたくて使った。けど、大変だったろう？　お互いに死なないように助け合うのは苦しかっただろうね」

「おばあちゃん、見てたの？」

「ラジオを通じて聞いていたよ」

ぽかんと口を開ける私に、おばあちゃんはそっと手を離し、煤《すす》だらけの髪をなでてくれた。

「あのラジオは未来からのメッセージも受け取れる。おばあちゃんは時間を越えたことがなかったけど、ふたりを助けるためなら、どんなことでもしようと思ったんだよ」

「……ちょっと待って」

イヤな予感がした。おばあちゃんはあの日、病院で亡くなった。そうだ、お葬式もした。なのにどうしてここにいるの？

奏太が横に並ぶと、私の手を握った。

「時ばあは、あの日、病院の前の電話ボックスで電話をかけたあと、ラジオの力を使った。そうだろ？」

奏太の言葉に胸が大きく跳ねるのがわかった。もしかして、おばあちゃんが死んだ本当の理由は心臓発作じゃないってこと……？

「ご名答。っていっても、これだけヒントがあれば正解するのは当たり前」

ふん、と笑ってからおばあちゃんは目を細めた。やっと会えたのに、おばあちゃんの顔が涙でゆがんでうまく見えないよ。

「おばあちゃん……。おばあちゃんは時間を越えたの？　それは、私や奏太が死ぬ運命だと知ったから？　私のせいでおばあちゃんはっ！」

ぼろぼろと涙がこぼれ落ちた。おばあちゃんはやさしい瞳で私を見つめている。

「咲希ちゃん、あのラジオはね、あっちの世界に旅だった人の声を届けるもの。時間を越えるために使っちゃいけない。でもね、大切な人を救うためなら、どんなことでもするさね。咲希ちゃんもそうだったろ？」

「おばあちゃん、おばあちゃん……」

うまく言葉にできずにおばあちゃんの名前を呼ぶことしかできない。ここにいるのは、あの日亡くなる直前に時間を越えてきたおばあちゃんなんだ。

私と奏太を救うために、おばあちゃんは時間を早送りした。

「運命は変えられない。だけど、誰かがもらい受けることはできる。いいかい、あんたたちの運命は私が受け取った。だから、これからはちゃんと今を生きていきなさい」

「待って！　じゃあ、おばあちゃんは……私たちの身代わりに？」

悲しみがまた涙になりあふれた。泣いてばかりなのに、どれだけ泣いても涙は枯れない。

おばあちゃんは、私と奏太が死ぬ運命を受け継いでくれたんだ。

「ダメだよ。そんなのダメ……。だって、私のせいで――」

「違うよ。いいから聞きなさい」

「違わないよ。私があの日、時間を巻き戻したからっ」

「黙りなさい」

「私のせいでおばあちゃんが――」

「このバカっつらが！」

大声で怒鳴るおばあちゃんに、涙も言葉も引っこんでしまった。

おばあちゃんは両方の腰に手を当てると「いいかい」と私を見つめた。

「じゃあ聞くけど、もしも奏太が事故に遭ったあの日に戻れたとしたら、咲希ちゃんはどうする？　見て見ぬフリができる？」

あの日、あの事故さえなければこんなふうにはならなかった。でも、もしも起きてしまったなら、何度でも私は奏太を助けに時間を巻き戻すだろう。

「……できない。絶対に奏くんを助けたと思う」

「そうだら」

満足そうにほほ笑むと、おばあちゃんはラジオのあるほうを見やった。

「あの日、いつものようにじいさんの声を聞こうと思ったら、咲希ちゃんの声が聞こえたんだよ」

「私の？」

「たった今、叫んだろ？『おばあちゃん助けて』って。だから助けにきたんだら。調べると今日、火事に巻きこまれることがわかった。それまでに何度もお互いに死を回避しようと必死になっていることもね」

やっぱりそうだったんだ……。心臓発作だと思っていたおばあちゃんの死は、私たちの運命を知り、受け取ってくれたからだったんだ。

「このままここに残れば、咲希ちゃんたちの運命は変わらないことになる。だから、これからもう一度、元の時間に戻るよ。そうすれば、私が死ぬだけで済むから」

あの日、おばあちゃんが私に電話をくれたのは、そういうことだったんだ。死の運命を受け取ったことを伝えるために……。

「ごめんなさい。おばあちゃん……ごめんなさい」

「はあ。もうこの子は！」

ギュッと抱きしめられる。大好きだったおばあちゃんのにおいがした。小さいころ、泣き虫だった私を抱きしめてくれたこと、頭をなでてくれたこと。こんなにリアルに思い出せるのに、もうさよならをしなくてはいけないの？

嗚咽を漏らす私におばあちゃんの声が聞こえる。

「あんたたちに未来を託せることがおばあちゃんの幸せなんだよ」

「おばあちゃん、おばあちゃん！」

——ジジジジ
急に大きな音が響いた。

「ラジオが反応しているね」

おばあちゃんの声にハッと顔をあげると、ラジオが赤い電源ランプをともしていた。

「さあ、もう時間だ。おばあちゃんは、元の時間に戻るよ」

「戻るって……。ひとりでも戻れるの？」

巻き戻しや早送りは全世界の時間軸も一緒に動くはず。だとしたら、私たちも一緒にあの時間に戻れたら……。

「もうさよならやて」

私の考えていることがわかるのだろう、おばあちゃんはニッと笑みを浮かべると自慢げに胸を張った。

「あんたたちに元の時間へ帰る方法は教えないよ。じゃないと、あんたたちはこのラジオをまた使おうとするだろうからね」

「おばあちゃん……」

「私が消えたらドアのほうへ向かいなさい。火傷することなく逃げられるから」

そうしておばあちゃんは私を見た。やさしくて大好きだったあのほほ笑みを浮かべて。

「さよなら、咲希ちゃん」

「おばあちゃん！」

やっぱりイヤだよ。やっと会えたのに行ってしまうなんて、そんなのイヤだよ！

でも、おばあちゃんは私や奏太の運命を受け継いでくれた。だから、『行かないで』と叫びそうになる自分をこらえた。

私と奏太はこの時間を生きていくしかないんだ。

ギュッと口を閉じて泣く私におばあちゃんはうなずき、奏太を見やった。

「……悪かったよ。俺のせいで、本当に悪かった」

奏太の頬にも熱いものが流れている。

「あんたまでそんな情けないこと言うんじゃないよ！　あとは頼んだからね。うちの孫を不幸せにしたら許さないからね」

「わかってるよ」

——ジジ……ジジジジ
「咲希ちゃん、もううしろは振り返ったらダメだからね。おばあちゃんは、やっとじいさんに会えるのが楽しみなんやて」

「うん。うん……」

おばあちゃんはいつも強気で口も悪くて……。でも、言葉や態度だけじゃない。心も含めぜんぶが強い人なんだ。

「さよなら。ほら、ちゃんと挨拶をして」

ニッと笑みを浮かべるおばあちゃんにうなずく。私もおばあちゃんみたいに心が強い人になりたい。今はまだ泣いてばかりだけれど、きっといつか……。

「さよ……う、なら」

おばあちゃんは、満足そうに大きくうなずいた。

世界がぐにゃりとゆがんだかと思った次の瞬間、おばあちゃんの姿は薄くなった。

「おばあちゃん！」

「元気でね、咲希ちゃん」

「ありがとう。おばあちゃん、ありがとう！」

どんどん薄くなる姿に叫ぶ。

最後に大きく口を開けて笑うおばあちゃんを私はたしかに見た。けれど煙に消えるように、もうおばあちゃんはいない。

泣き崩れる私を奏太が抱きしめてくれた。

おばあちゃんが消えた方向にあるラジオの電源ランプが、今、消えた。

エピローグ

伊吹じいの家は散らかり放題だった。

これから毎週火曜日にこの家でおこなわれる夕食会も、しばらくの間は片付けをするところからはじめなくてはならない。

もちろん奏太の部屋はきれいに片付いているけれど、伊吹じいは根っからのものぐさな性格らしい。いつもスーツ姿できまっていたから気づかなかった。

今夜も、結局はお母さんと倫が家でおかずを作って運んでくることになっていた。

「ほんっと、物が多すぎだよ」

さっきから亜弥はゴミ袋を片手にポイポイ服や小物を捨てている。

「待てって。それは使うんやて」

伊吹じいが必死で追いかけているのが笑える。

「男子ふたり暮らしってのがよくないんだよね。もうさ、いっそのこと咲希も住んじゃえばいいじゃん」

なにげに刺激的なことを言う友人は、最近彼氏と別れたらしい。あれほど苦労して説得したのに、結局運命は同じレールを進むものなのかな。

ううん、そうじゃない。

おばあちゃんのことで、私は多くを学んだ。そのことを考えると悲しみも後悔も罪悪感もどんどんあふれてくるけれど、少しずつ前向きに考えられるようになった。

運命だとあきらめるより、それを変える気持ちの大切さを知ったから。

「そういえばさ、例の泥棒捕まったんだって？」

いつのかわからない段ボールをたたみながら亜弥が尋ねたのでうなずく。私や奏太の証言と、容疑者の火傷の痕が証拠となり逮捕されたらしい。

しばらくは私も警察に呼ばれて事情を聞かれるそうだ。

伊吹じいがにくらしそうに鼻を鳴らした。

「泥棒だけで済まんて。強盗に傷害に加えて放火。まるで罪状のオンパレードやて」

「なんにしても捕まってよかったじゃん。あ、これも捨てるね」

亜弥がゴミ袋に、いつのものかわからない雑誌を捨てた。

「それはまだ読むんやて！」

段ボールを手に外に出ると、奏太がおばあちゃんの家だった場所を眺めていた。奏太が私に気づき、少しほほ笑んだ。

「家、大丈夫？」

「散らかりすぎ。しばらくは掃除三昧だね」

「はは。じいちゃん物が棄《す》てられないからなあ」

自然に差し出された手を握り、隣に立つ。

「それにしても、不思議だよな」

それだけでなにを言おうとしているのかわかった。

「ラジオのことでしょう?」

火事のあと、いくら探してもあのラジオが見つからなかったのだ。部品のひとつも残っておらず、今になっても出てこないままだ。

「案外、真壁ってやつが持っていったのかもな」

「ふふ。ありえるね」

夏の終わりの風が頬をくすぐった。これまでは当たり前だったことがこんなにうれしい。生きていることを感じるたびに、涙が出るほどうれしい。

「なんか、ここに家があったなんて信じられないな」

「本当だね」

火事のあと、解体工事も終わった。

「そうだ。これ、プレゼント」

奏太が私に黒猫のキーホルダーを渡してくれた。

「ありがとう。大切にするね」

照れくさそうな横顔の向こうに広がる夕焼け。あの日の火事を思い出し、まだ胸が少し痛んだ。

手を握る力が強くなり、顔をあげると奏太は横顔のままうなずく。

「少しずつでいい。ふたりで乗り越えていこう」

「うん」

同じ痛みを分け合いながら私たちは生きていこう。

そして、この世と別れる日が来たなら、おばあちゃんに笑顔で会いたい。

「咲希ちゃん～」

遠くで倫の声がする。お母さんも鍋を手に歩いてくるのが見えた。

大きく手を振れば、悲しみは空の向こうへ消えていく気がした。

完

あとがき

このたびは『今夜、きみの声が聴こえる～あの夏を忘れない～』を手に取っていただきありがとうございます。

この作品は、三年前に刊行した「今夜、きみの声が聴こえる」の続編です。が、主人公は違いますのでこの作品からお読みいただいても大丈夫です。

もちろん、前作をお読みいただいた方には懐かしい登場人物も出演しています。

昔から、同じ一日なのにやけに疲れを感じたり、前にも見た光景だと思うことがありました。そういう時、私は「誰かがタイムリープしたせいで、同じ時間をやり直ししているんだ」と思っていました。デジャヴにも似た感覚で、子供の頃は本気で信じていた記憶があります。

この作品の主人公である加藤咲希は、不思議なラジオの力を知り、時間を巻き戻すことで悲劇を回避しようとします。

やり直したい過去がある、という人は多いと思います。私も今でも後悔している出来事はいくつか、いや、いくつもあります。

けれど、やり直すために代償を支払う必要があるなら、皆さんはどうしますか？　その代償に気づいた主人公がどんな行動を取り、どんな成長をするのか、最後まで見届けてもらえたら幸いです。

スターツ出版編集部の皆様、そして前作同様にすばらしい表紙を描いてくださいましたイラストレーターの爽々様、デザイン担当の西村弘美様に感謝を。

また、物語の舞台として実在の場所や商品名が出てまいります。天竜浜名湖鉄道様、三ヶ日町農業協同組合様、グラニーズバーガー様、浜名湖パルパル様、フルーツパーク様、砂山銀座サザンクロス商店街様、笑眞堂様には格別の感謝を申し上げます。

「三ヶ日みかんサイダー」にまつわるジンクスは作中のオリジナルですが、昔から私の大好物のひとつです。ぜひ読書と恋のお供にお試しください。

ラジオを題材にした作品を描けたのも、出演しているラジオ番組のおかげです。K－mix『Wiz』のパーソナリティ、バカボン鬼塚様、川﨑玲奈様、スタッフの皆様には厚く御礼申し上げます。

そして、いつも応援してくださっている皆様、本当にありがとうございます。応援の言葉が私に筆を持たせ、物語を紡がせてくれます。

二〇二一年七月　いぬじゅん

この物語はフィクションです。実在の人物、団体等とは一切関係がありません。

いぬじゅん先生へのファンレターのあて先
〒104-0031　東京都中央区京橋1-3-1　八重洲口大栄ビル7F
スターツ出版（株）書籍編集部 気付
いぬじゅん先生

今夜、きみの声が聴こえる
～あの夏を忘れない～

2021年7月28日　初版第1刷発行
2022年5月20日　　　第4刷発行

著　者　いぬじゅん　

発行人　菊地修一
デザイン　西村弘美
編　集　森上舞子
発行所　スターツ出版株式会社
〒104-0031
東京都中央区京橋1-3-1　八重洲口大栄ビル7F
出版マーケティンググループ　TEL 03-6202-0386
（ご注文等に関するお問い合わせ）
URL　https://starts-pub.jp/
印刷所　大日本印刷株式会社

Printed in Japan

ISBN　978-4-8137-1124-7　C0193